KB196817

할도

새
소설

18

할
도

김엄지
장편소설

자음과모음

차례

1

내가 아는 벌레가 있다.

그 벌레는 너무 오래 살아서 자식들의 슬픔을 다 보아야 했다고.

그 벌레 일생에 일단락된 것은 아무것도 없었다.

모든 것이 연장, 연장, 연장이었다고.

그 벌레가 살았던 방은 연장, 연장. 끝없이 커져 그 벌레는 방 밖을 나가지 못했다고 한다.

그 벌레는 자기 발자국을 본 적이 없다고 한다.

그 벌레의 자식들은 부모의 슬픔을 다 보아야 했다고.

2

내가 싫어하는 말들은 이렇게 시작한다.

다름이 아니라,
미안하지만,

다름이 아니라 내가 너희 집에 오늘 오후에 찾아가야 할 것 같다.

다름이 아니라 너희 집에 두고 온 문서를 가져올 것이다.

다름이 아니라 그 문서의 복사본이 필요하다.

다름이 아니라 우리 집이 경매에 넘어가게 되었다.

다름이 아니라 이사를 해야 한다.

이사 비용을 네가 부담하는 것으로 알고 있었는데.

다름이 아니라 너와 인연을 끊겠다.

다름이 아니라 집에 있는 흰색 나일론 끈, 그것만은 버리지 말아다오.

다름이 아니라 내일은 비가 많이 온다고 하니 지하철을 타지 말거라.

네가 타는 지하철마다 침수할 테니.

네가 서 있는 곳과 가장 가까운 비상문마다 불타고.

굳게 닫혀 영영 열리지 않을 테니.

다름이 아니라 네가 내 임플란트까지는 책임지리라 믿는다.

다름이 아니라 내가 너를 찾아갔을 때 너는 없어도 좋다.

내가 필요한 건 네가 아니라 너와 관련된 나의 문서 뿐이다.

미안하지만 너는 잘못 생각하고 있다.

미안하지만 과거를 잊지 못하는 것도 죄다.

미안하지만 내일은 꼭 은행에 가서 내 문서를 찾아 와라.

그건 네 의무다.

미안하지만 너는 나를 차단할 수 없다.

미안하지만 내가 죽는다고 해도 나 때문에 괴로울 것이다.

내 덕분에 괴로운 것을 고마워해라.

미안하지만 나도 한다고 했다.

미안하지만 내일까지 동사무소에 가서 내 문서를 좀 전해다오.

그 문서는 다른 여러 문서들과 조금도 다르지 않고.

똑같이 생겨서 구분하기에 쉽지는 않겠다마는.

미안하지만 너만 믿는다.

아버지는 나를 믿는다고 했다.

그 말을 할 때 아버지의 눈은 진실해 보였다.

진실. 그런 것을 아버지의 얼굴에서 읽어내고 나는 새로운 두려움을 느꼈다.

나도 언젠가 아버지를 믿었다.

아버지와 나 사이에 믿음이라는 게 얼마나 큰 허상이었는지.

아버지와 나의 관계는 내가 태어나는 순간 회복될 수 없었다.

돌이킬 수 없다.

돌이키지 않을 것이다.

사과받지 않을 것이다.

아버지는 받지 않겠다는 것을 굳이 내게 떠넘기고 본인은 홀가분한 얼굴이 되었다.

미안하지만 할도에 가라. 거기에 가면,
그 말을 할 때 아버지의 표정은 어땠는지.

그래요. 네. 알겠어요.
그즈음 나는 지쳐서 비슷한 대답만 반복했다.

완벽한 단절.
아버지의 발인이 끝나고 돌아오는 버스에서 나는
내가 원하는 것을 알게 되었다.

할도에서 사 개월쯤 머무를 생각이었다.
그게 아니라면 일주일 정도 지내다 돌아올 수도 있
었다.

거기에 가면, 아버지는 이 말의 끝을 맺지 못했다.
거기에 가면, 이 뒤에 올 말을 나는 알 수 없었다.
거기에 가서 좀 쉬어라, 그런 뜻은 아니었을 것이다.
아버지의 뜻, 그 말의 무게와 상관없이 나는 거기에
가고 싶었다.

3

割島

벨 할. 섬 도.

선착장에 팸플릿이 비치되어 있었다.

섬의 해안 절벽을 배경으로 세 가지 식물 컷이 삽입되어 있었다.

나는 그 식물들을 각각 구별할 수 있었지만 단 하나의 이름도 알지 못했다.

해안 절벽과 그 세 종의 식물이 할도를 대표하는 전부이리라.

팸플릿의 배경은 허공이 가장 많은 비중을 차지하고 있었다. 절벽과 바다와 식물을 제외한 나머지. 회색빛에 가까운 흐린 푸른색이었다.

비가 잦고 빗줄기가 거세 뺨에 맞으면 살갗이 베인다는. 할도의 전설이라는 비 이야기는 앞뒤가 잘린 것 같았다.

소음과 진동, 선박 모터의 기름 냄새가 매표소 내부에 가득했다.

진동은 왜 느껴지는 것인가.

내 몸이 떨리고 있는 것인가.

항구도시, 선착장에 오기 위해서 시외버스와 마을버스를 다섯 시간 탔다.

입안이 텁텁하고 머리가 무거웠다.

배편으로 세 시간을 더 가야 했다.

4

사람이, 물건이 너무 오래되어 보였다.

대낮인데 식당 홀은 어두웠다.

계산대 위에 옥으로 만든 두꺼비 형상과 갈색 묵주가 놓여 있었다.

그리고 손바닥 크기의 액자가 있었다.

액자 안에는 하얀색 말티즈 독사진이 있었다.

벽에 걸린 시계는 빛이 바랜 장미와 넝쿨로 장식된 것이었고 초침 움직이는 소리가 컸다.

주방과 홀의 경계에 투명한 자색 문발이 늘어져 있었다. 그 아래로 검은 장화를 신은 사람 다리가 보였다. 꽤 오래 그대로 서 있었다.

오 분만 있다 가겠습니다.

그렇게 말하고 자리를 잡은 남자는 이십 분째 앉아 있었다.

아무것도 주문하지 않았고 턱을 괴고 앉아 숨을 푹푹 몰아쉬었다.

할도의 사람들은 낮부터 곧잘 취해 있었다.

횟집, 모래사장, 바위 위, 방파제, 등대 근처, 해변 매점 앞 파라솔, 전봇대와 쓰레기봉투 옆에서. 난간에 기대어. 낭떠러지가 우습다는 듯이 벌건 눈으로 해안 절벽 아래를 내려다봤다. 밤의 창문에서는 그림자가 휘청거렸다. 약간 기운 몸으로 횡단보도 한가운데 서서 한참을 건너지 않는 사람을 보기도 했다.

오 분만 앉아 있겠다던 남자는 식당 테이블에 엎드려 잠들었다.

저 남자는 어떤 얼굴로 깨어날 것인가.

나는 내 앞의 전복죽을 먹으며 그 남자를 구경했다.

그새 더 야위었네. 식당의 늙은 직원이 나를 알아본 것인지, 이 섬의 누군가와 나를 헷갈리는 것인지. 내가 앉은 자리에 다가와 나를 오래 들여다봤다.

할도에서 지내는 동안 면도하지 않기로 했다.

살갗이 그을리기도 해서 야위어 보이는 것인지도 몰랐다.

실제로 체중이 줄었을 수도 있었다.

계산을 마친 다음 문을 밀고 밖으로 나갔다.
태풍이 시작되려는지 바람이 거셌다.
할도에서는 늦가을까지 태풍이 몰아친다고.
비바람에 섬사람들은 멈춘 것처럼 산다고.

나는 식당 문 앞에 서서 되돌아갈 길을 떠올렸다.
식당에서 숙소까지.
숙소에서 해변까지.
해변에서 쥬지오까지.
걸으려면 얼마든지 걸어갈 수 있었다.

5

자정이 되자 쥬지오의 여주인은 간판 불을 껐다.

바 테이블은 검은 인조대리석이었다.

조명은 갈색으로 어두웠다.

유리잔 안에 얼음이 녹고 A와 B는 뭘 계속 쩝쩝거
렸다.

향초와 알코올, 건어물과 곰팡이 냄새, A와 B의 체
취가 내부에 가득했다.

여긴 왜 온 거요? A가 나에게 물었다.

곧 떠날 겁니다. 내가 대답했다.

A와 B는 쥬지오에서 서너 번 마주친 게 다였다.

통성명은 하지 않았고 각자 나이는 공개했다.

A는 지나치게 말랐고, B는 부담스러울 만큼 눈이
컸다.

A와 B는 병맥주만 열여덟 병째 비우고 있었다.

나는 위스키를 네 잔 마셨는데, 위스키에 향수나 향
초, 방향제, 곰팡이 같은 게 섞인 것 같았다.

환기를 좀 하고 싶다고. 나는 말했다.

그럴까요? 여주인이 바의 통유리 창 앞으로 성큼성큼 걸어갔다.

여자는 발목까지 내려오는 실크 치마를 입고 있어서 걸음마다 허벅지 근육이 어떻게 움직이는지 다 보였다.

여자는 흰 털로 덮인 슬리퍼를 신고 있었다.

여자가 유리문을 밖으로 열어젖히자 짠 바닷바람이 내부로 몰아쳐 들어왔다.

파도 소리가 맹렬했다.

파도의 포말이 안면에 튀어 들러붙는 것 같았다.

나는 한 손으로 얼굴을 훑었다.

손바닥에서 술 냄새가 났다.

태풍이 오고 있나 봐요. 여자가 유리문 앞에 서서 말했다.

파도 소리 때문인지 여자의 목소리가 멀리서 하는 말처럼 들렸다.

여자는 실제로는 열 걸음 정도 앞에 가 있을 뿐이었다.

A와 B와 나는 열린 유리문 쪽으로 몸을 돌리고 앉았다.

여주인은 유리문에 기대어 서서 밖을 내다보았다.

여자의 구불거리는 머리카락이 길게 목을 덮고 날개 뼈까지 내려와 있었는데 바람이 사나워서 아무렇게나 날렸다.

이제 닫을게요. 여자는 그렇게 말하고 유리문에 기대었던 몸을 꼿꼿이 세웠다.

여자는 바 너머 자기 자리로 돌아갔다.

내부에는 바닷바람이 가득해졌다.

바람이 꽤 분다.

A와 B는 바람에 대한 이야기를 시작했다.

할도의 바람은 육지와 다르다는 것이었다.

A는 바지를 걷어 올려 무르팍의 흉을 보여줬다.

B는 머리칼을 바짝 올려 이마에 남은 흔적을 드러냈다.

할도의 길바닥에 나뒹구는 돌들은 하나같이 날카롭고, 바람은 그것들을 허공에서 소용돌이치게 한다고 했다. 눈앞이 흐려지도록 바람이 불 땐 그 자리에서 머리를 감싸고 웅크리라. A는 말했다.

바람에 대해서 삼십 분을 이야기했다.

그다음에는 사랑 이야기를 했다.

사랑하면 그럴 수 있는 거 아니야?
사랑하면 그럴 수 있지.
사랑하는 만큼 저주할 수 있다.
사랑받은 만큼 저주받아야 한다. 아무 원망 말고.
사랑한다 해도 그럴 수는 없다. 누구에게도 그럴 권리는 없다.
권리와 사랑은 다르다.
권리는 챙겨 뭐 해. 사랑하는데.
사랑한다면 누구보다도 상대의 권리를 존중하며.
무엇을 포기할 수 있지?

그다음에는 끝이 난 사연이 다시 시작됐다.
들었던 이야기를 또 들었다.

A는 자기의 미래, 언젠가 개업할 횟집에 대해 이야
기했다.

B는 손가락 한 마디가 잘렸던 일을 말했다.

바 너머에서 여주인이 웃을 때마다 시큼하고 단 냄
새가 났다.

저 여자 입에서 나는 냄새일까.

나는 여자의 얼굴에 가까이 다가가 확인하고 싶은
충동을 느꼈다.

할도의 또 다른 이름은 충동섬이라고 했다.

나에게는 충동이 없고.

아니 없는 듯 있었기 때문에 너절했다.

나는 그것을 해결하고 싶었다.

전 가보겠습니다. 나는 먹은 만큼의 현금을 바 위에
올렸다.

두 손으로 바를 짚고 일어섰다.

천장이 낮았다.

나는 자리에서 일어나 A와 B, 여주인의 얼굴을 잠
시 보았다.

잠이 오는 얼굴들이었다.

쥬지오의 유리문을 열었다.

고개를 숙이고 밖으로 나갔다.

파도 소리가 머리 위로 쏟아졌다.

가로등 없이 길게 휜 해안도로를 걸을 것이었다.

앞이 캄캄하고, 멀리에 이는 파도가 하얗게 보이기도
했다.

파도는 길게 나타나고 부서져 사라지기를 반복했다.

절벽 아래에서 텅텅, 하는 소리가 가끔 들렸다.

6

이렇게 큰 숙소를 원했던 것은 아니었는데.

화장실에 가기 위해서는 큰 거실을 가로질러야 했다.

냉장고의 소음이 심했다.

숙소 안에 머무를 때면 공간이, 소리가 과장되게 느껴졌다.

한밤중에 냉장고는 덜커덩하는 소리를 낸 다음 갑자기 조용해졌다.

문을 열어 확인해보아야 하는가.

무엇을?

냉장고 안의 밝기와 냉기.

냉장고 안에는 생수 다섯 병과 사과가 있었다.

사과는 이틀 전 이 섬의 식당에서 받은 것이었다.

식당의 늙은 직원은 이제 내가 이 섬의 어디에 머무르는지 알고, 혼자 지낸다는 것도 알고 있었다. 애인, 고향, 직장, 그런 것들을 내게 물었고 내가 잘 대답하지 못하자 만족하는 것 같았다. 사과를 건넬 때 내 손을 감싸듯 쥐어 잡았다. 손에 살이 많은지 물컹했고 뜨겁기도 해서 거북했다.

7

모래사장의 끝에는 매점이 있었다.

매점 앞 가판대에 두상 마네킹이 진열되어 있었다. 스무 개, 혹은 서른 개쯤 되어 보였고, 모두 챙이 넓은, 천이 달린 모자를 쓰고 있었다.

그리고 매점 앞에는 파라솔이 하나 있었다.

파라솔 아래 파란색 플라스틱 테이블과 의자가 있었고.

A는 그 파란 플라스틱 의자에 앉아서 의자 앞다리가 훅 들릴 정도로 허리를 뒤로 젖혔다. A는 자기 중심을 믿는 것이었다.

뒤통수부터 박아도 상관이 없다는 저 의지.

혹은 아무런 의지가 없다. 의미가 없다.

완벽한 단절.

A는 내가 살고자 하는 모습일 수도 있었다.

햇빛이 강해서 파라솔 그늘 아래 앉아 있어도 눈이 부셨다.

A를 한낮에 본 것은 처음이었다.

뭘 봐요? A가 한마디 했다.

아, 미안합니다. 나는 말했다.

한입 먹고 싶은 거요? A가 내게 또 말을 건넸다.

아닙니다. 나는 A의 맞은편에 앉아 있었다.

내가 먼저 이 파라솔에 자리를 잡고 앉아 있었는데.

A는 아무 말 없이 내 맞은편에 앉아 컵라면을 먹기 시작한 것이다.

A는 컵라면 면발을 건져 먹으며 여기저기에 국물을 튀겼다.

A는 밤에 쥬지오에서 보았을 때보다 더 말라 보였다.

A는 셔츠를 입고 있었는데, 그의 골격이 다 보이는 것 같았다. 삐뚤어지고 튀어나오고 유난히 가는 곳이 어디인지 알 수 있었다.

내가 왜 알아야 할까.

A의 골격을. 피부를. 눈빛을.

A의 의지와 의미 없음을.

A의 등 뒤로 두상 마네킹들이 열을 맞춰 진열되어

있었다. 마네킹 안면이 일제히 이쪽을 향해 있었다. 청색이나 회색빛의 좋지 않은 낯빛으로. 눈동자가 지워진 것도 있었다. 바람이 불 때마다 마네킹 위에 얹힌 챙이 넓은 모자. 거기 달린 형광 연두색, 보라색의 얼룩덜룩한 천이 햇빛과 함께 흔들렸다.

바닷바람이 불 때마다 눈 주변이 쓰라렸다. 소금기가 건드는 모양이었다. 어디서 스쳐서 살갗이 까졌을까. 햇빛이 강해서 노곤했다.

사람을 때리다 보면 내 손에도 상처가 나요. A는 오른손을 쥐었다 폈다 하는 것을 반복했다. 누구를 때렸는지 물어봐달라는 것 같았다.

누구를 때리셨나요? A에게 내가 물었다.
있어요. 맞을 만한 새끼. A는 히죽히죽 웃었다.
A가 웃자 그의 얇은 뺨 거죽에 주름이 깊게 졌다.

A의 안면이 한순간 검붉어지고, 그는 먹은 것들을 게워냈다.
순식간에 쏟아졌다.

컵라면 면발만 나오는 게 아닌 것 같았다.

A는 구토가 끝나자 토사물 위에 가래를 뱉었다. 뭐라 짧게 욕지거리를 내뱉기도 했다. 그런 다음 다시 플라스틱 의자 앞다리가 들릴 정도로 허리를 뒤로 젖히고 고개도 뒤로 젖혔다.

A가 토한 것들에서 비린내가 올라왔다.

어제 과음을 한 탓이라고 A는 설명했다.

가서 좀 쉬세요. 내가 A에게 말하자 그는 벌건 눈으로 나를 보았다.

어디 가서 쉬라고. A가 말했다.

낮고 느리게 말했는데.

나에게 묻는 것일까.

묻는 게 맞을까.

묻는 게 아니라면 뭘까.

경고를 하는 것일까.

무엇에 대한 경고일까.

내가 먼저 와 앉아 있던 파라솔이 아니었던가.

나는 숙소에서 나온 지 채 한 시간이 지나지 않았기 때문에 다시 숙소로 돌아가고 싶지 않았다. 아직 너무 이른 낮이었다.

바람이 거세게 불자 파라솔 천막이 요란하게 펄럭였다.

공중에서 작은 돌과 모래가 흩날렸다.

센 바람에 매점 주위의 것들이 덜컹거렸다.

가판대의 두상 마네킹 몇 개가 바닥으로 텅텅 소리를 내며 굴러떨어졌다.

8

오 분만 앉아 있겠다던 남자는 식당 테이블에 엎드려 잠들었다.

저 남자가 어떤 얼굴로 깨어날 것인지 이미 언젠가 본 것만 같았다.

나는 엎드린 남자의 속눈썹이 일순간 파르르 떨리는 것을 보았다.

그런 것까지 볼 수 있다니.

식당 계산대에 사람은 없었다.

갈색의 긴 묵주가 거미줄처럼 계산대에 얹힌 모든 것을 하나로 보이게 했다.

금속 테두리의 액자와 흰 말티즈와 옥으로 만든 두꺼비.

옥으로 만든 두꺼비는 두꺼비인가, 옥인가.

그런 생각을 하는 동안에 내가 주문한 전복죽이 테이블에 올라왔다.

나는 전복죽 그릇을 내려다보았다.

거기에 내가 비쳐 보이기라도 한다는 듯이.

전복죽에 전복이 한 마리나 들어갔을까. 잘게 조각
난 이것들은 전복이 맞는가. 나는 그릇에 담긴 것을
수저로 휘휘 저었다. 걸쭉하고 뜨겁게, 얼굴이 무거워
서 그릇에 뚝 떨어질 것 같았다.

오 분만 앉아 있겠다던 남자는 내가 전복죽을 다
비울 때쯤 잠에서 깨어났다.

아무것도 기억나지 않는다는 듯이. 마치 누가 자기
를 여기에 옮겨다 놓았다는 듯이 영문을 몰라 약간 놀
란 것처럼 주변을 느리게 살피고, 침을 한번 삼키고,
천천히 입맛을 다시다가 눈을 크게 떴다. 그 큰 눈이
나와 마주쳤다.

저 큰 눈은 언젠가 보았던 눈이다.

나는 남자를 알아볼 수 있었다.

B였다. 쥬지오에서 꽤 오랜 시간 내 옆에 앉아 있지
않았던가.

좁은 바에서 일렬로 앉아 열린 문으로 휘몰아쳐 들
어오는 바닷바람을 함께 맞고. 가끔 서로 어깨를 부딪
치기도 했던. 사랑이나 저주를 말하기도 했었다.

나와 같은 깨달음이 B에게도 스친 것 같았다.

B는 멋쩍다는 듯 웃어 보였다.

B는 자리에서 일어나더니 곧장 내 쪽으로 다가왔다.

여기서 뵙네요. B가 말했다.

B는 기분이 좋아 보였다.

선생님 식사 다 하신 건가요? B는 나를 선생님이라고 불렀다.

쥬지오에서는 나를 그렇게 부르지 않았던 것 같은데.

쥬지오에서는 나를 뭐라고도 부르지 않았다.

쥬지오에서 사람들은 하고 싶은 말을 떠들 뿐이었다.

눈 뜨고 앉아 있지만 각자의 꿈속을 헤매듯이.

선생님 많이 힘드세요? 왜 아직 안 가시고. B가 말끝을 흐렸다.

왜 아직 이 섬을 뜨지 않았느냐, 그것을 묻는 것일까.

언제 떠나야 할지 잘 모르겠습니다. 나는 그렇게 대답했다.

왜 솔직했는지 모르겠다.

B는 자기 요트가 태풍에 이리저리 부딪혔고 손을 봐야 할 것 같다고, 속이 상하다 말했다.

선생님 여기 너무 오래 머무르지 마세요. B가 다시 입을 열었다.

왜요? 내가 되물었다.

선생님을 기다리시는 분이 계실 텐데요. B가 말했다.

나는 이제 계산을 해야 할 때라고 생각했다.

9

숙소의 창은 잘 열리지 않았다.

녹이 슬어 힘을 써야 둔탁한 소리와 함께 겨우 밀렸다. 창을 열면 짠 바람 냄새가 났다. 창틀에 소금기가 잔뜩 배지 않았을까. 이 숙소 건물 외벽에, 벽돌에, 벽돌과 벽돌 사이에, 전봇대와 나무, 길바닥에. 허옇게 들러붙고 끈적이는. 시간이 지나면 부스러지고. 닿으면 쓰라린.

창을 열면 나무 한 그루가 보였다.

잎이 말라 떨어지기 시작했다.

그리고 앞을 가로막는 게 없는 들판이었다.

10

오후부터 태풍의 영향권이라는 예보가 있었다.

흐린 구름이 빠르게 움직였다.

오래 어두웠다가 잠시 밝아지기를 반복했다.

더 어두워지기 전에 해변에 가고 싶었다.

비바람이 몰아치기 전에.

나는 해변으로 가기 위해 들과 들 사이를 걸었다.

멀리에 수평선이 드러날 즈음, 알아볼 수 있었다.

쥬지오의 여주인이 해변의 바위 위에 엎드려 누워

있었다.

나는 어떻게 단번에 저 여자를 알아볼 수 있는 것

일까.

머리칼과 맨 등이 보일 뿐인데.

여자는 등을 드러내고. 긴 머리카락은 바위 밑으로

쏟아둔 채였다.

위험해요. 나는 바위 옆으로 가 말했다.

여자는 미동도 없었다.

검고 무거운 구름이 흘러 여자의 등이 어두웠다.

그을리고, 기름을 발랐는지 번들거렸다.

여자의 등에는 티끌 같은 점 하나 보이지 않았다.

아직 안 가셨네요? 여자는 엎드린 채로 말했다.

여자는 바위에서 일어날 생각이 없는 것 같았다.

이 여자는 말을 거는 사람이 나라는 걸 어떻게 알았

을까.

어떻게 알고 아직 안 가느냐, 묻는 것일까.

내 목소리를 알아들을 수 있을 정도로.

그럴 정도였던가.

간밤에 쥬지오에서의 일이 다 기억나는 것은 아니

었다.

내가 모르는 기억.

내가 모르는 시간에 대해서 신비와 기대를 갖게 되

었다.

위험하지 않아요. 여자는 여전히 바위에 엎드린 채

말했다.

여자는 지금 뭘 보고 있을까.

여자가 누운 바위 앞에 바다가 있었다.

파도가 사나웠다.

눈을 감았을까.

눈을 감고 있나요? 나는 여자에게 물었다.

여자는 대답 없이 날개 뼈를 씰룩거리면서 키득거렸다.

바람이 여자의 머리칼을 뒤집었다.

빗방울이 떨어지기 시작했다.

여자는 누워 있던 자리에서 천천히 몸을 일으켰다.

여자는 바위 위에서 양반다리를 하고 앉아 숨을 들이쉬고 내뱉기를 몇 번 했다.

여자는 여전히 뒷모습이었다.

아무것도 입지 않은 것인가.

나는 여자의 맨 등을 보며 생각했다.

여자는 앉은 자리에서 기지개를 켰다. 그다음엔 뭔가 뒤적거리고, 훅 뒤집어쓰듯 커다란 천을 몸 위에 걸쳤다. 구불거리는 긴 머리를 하나로 높이 올려 묶었다.

시간이 많아요? 여자가 내가 서 있는 쪽으로 몸을
돌렸다.

낮에 여자의 얼굴을 보는 것은 처음이었다.

바다가 저럴 수도 있군요. 나는 통유리 창 아래를 내려다보았다.

멀리서부터 육중하게 그리고 빠르게 파도가 다가왔다. 수심의 끝, 밑바닥에서부터 뒤집혀 흙색이 된 바다였다. 갈색으로 탁하고 온통 거품이었다.

본격적인 태풍의 영향권에 진입한 것이었다.

여자와 나는 7층 전망대 카페, 모직 소파에 앉아 있었다.

나는 소파의 빳빳하고 짧은 적갈색 털을 쓸었다.

방향을 바꾸기도 하면서.

여자와 나 사이에 테이블이 있었다.

나는 병맥주를, 여자는 갓차일드를 주문했다.

여자의 잔에 담긴 것에서 캐러멜 향과 알코올 향이 전해졌다.

바람에 전망대의 통유리 전체가 흔들렸다.

유리 밖은 싸라기눈이 내리는 것처럼 보이기도 했

는데, 비와 함께 작은 우박이 떨어지고 있는 것이었다. 휘몰아치는 바람에 검은 비닐과 돌 조각이 허공에서 소용돌이쳤다.

여자는 절벽 바람과 조심해야 하는 언덕에 대해서 이야기했다.

거기로는 가지 마세요. 이 말을 할 때 여자는 진심으로 나를 걱정하는 것 같았다.

네. 그러겠습니다. 나는 중요한 약속을 나누는 기분이었다.

쥬지오가 무슨 뜻이에요? 내가 물었다.

어릴 때 믿었던 괴물 이름이에요. 여자가 대답했다.

괴물을 믿어요? 내가 묻고.

어릴 때 괴물만큼 믿을 만한 게 있나요. 여자가 대답했다.

나타나지 않기를 바라면서도 한 번은 확인하고 싶

잖아요. 괴물이란 걸 만나보고 싶기도 하잖아요. 여자는 겁도, 걱정도 없는 얼굴이었다.

그런가요.

나는 그런가요, 다음에 어떤 말을 더 하고 싶었는데 떠오르는 말이 없었다.

쥬지오는,

귓속에서 긴 털이 자라요. 콧속에서도 마찬가지로 긴 털이 자라고 있어요. 눈은 크게 찢어져 있고요. 귀는 위로 솟아 있는데 무척 커요. 작은 소리도 들을 수가 있어요. 듣기 싫은 소리도 다 들어야 하죠. 양쪽 관자놀이가 돌처럼 단단해요. 관자놀이가 있는 양쪽 옆 머리가 툭 튀어나와 있죠. 쥬지오는 항상 머리가 지끈거려서 무시무시한 인상을 쓰고 있어요. 입이, 턱이 일그러져 있어요. 괴성을 지르기 직전의 표정으로 살아요. 꼬리가 자기 몸보다 길어요. 그래서 꼬리를 허리에 두르고 다녀요. 꼬리는 전체가 쇠사슬이에요. 철퇴 알아요? 맞으면 으스러지는 거예요. 밤에 안 자는 아이들에게 찾아가죠. 그 애들은 무슨 죄일까요.

여자가 쥬지오에 대해서 하는 말은 지금 막 지어낸
것 같았다.

그건 겉모습이잖아요. 내가 말했다.
겉모습이면 됐지 뭘 더 바라세요. 여자가 말했다.

쥬지오의 표기법을 묻자
여자는 나와 눈을 맞추고 천천히 대답했다.

Z U W Z I O

여자가 더블유를 발음할 때 나는 그녀의 혀끝을 보
았다.
여자의 입술이 작게 벌어지고 오므라들고.
7층 전망대 위에서 밤처럼 어두워진 통유리 밖을
내려다보고.
바다가 뒤집히고. 공중에서 비닐과 종잇조각이 휘
몰아치고.
주문한 알코올 냄새.
여자가 걸치고 있는 얼룩덜룩하고 흐린 천.

헐렁하고 얇은. 너무 쉽게 찢어질 것 같은데.

잉크를 떨어뜨린 수면에 천을 빠뜨렸다가 급히 빼내면 저런 우연한 무늬가.

어떻게 가실 거예요? 여자가 내게 물었다.

숙소로 되돌아가는 길을 묻는 것일까.

저는 먼저 가볼게요. 맞은편에 앉아 있던 여자가 자리에서 일어섰다.

우산 있으세요? 나는 일어선 여자를 올려다보았다.

저기 제 차가 있어요. 여자가 유리 밖을 가리켰다.

저기 빨간색 보여요? 여자가 유리창을 톡톡 두드렸다.

네. 나는 대답했다.

비바람으로 혼돈인 세상에 빨간 경차 한 대가 분명하게 내려다보였다.

여자가 자리에서 일어섰을 뿐이었는데 시원하고 단 냄새가 끼쳐왔다.

나는 모직 소파에 앉아 떠나는 여자의 뒷모습을 봤다.

전면 유리로 만들어진 엘리베이터를 향해 걸어가는

여자.

엘리베이터 버튼을 누르고 내 쪽을 보는 여자.

유리 엘리베이터의 유리문이 닫히고.

발 무릎 허리 어깨 머리 순으로 사라지는 여자.

여자가 다 사라지자 전망대의 투명한 유리 몇 겹이
남았다.

여자는 한 입도 마시지 않았을까.

여자의 잔에 담긴 게 그대로였다.

나는 내 몫의 맥주 세 병을 비우고 여자의 것까지 마
셨다.

저런 작은 초가 있었던가.

나는 테이블에 놓인 촛불 끝 일렁거림에 몰두했다.
머리가 무거웠다.

밤이 된 것 같았다.

언제부터 밤이었을까.

12

나는 괴물을 믿지 않는다.

괴물이 이렇게 무거울까.

숙소까지 걸어오면서 내가 너무 무겁다고 생각했다.

비바람이 몰아쳐서 거의 눈을 감고 걸었다.

들과 들에, 걷는 길마다 물이 찼다.

발목까지 담그고 걸었다.

수면에 작은 벌레들이 둥둥 떠 있었다.

우박이 차가웠다.

머리 위로, 콧잔등과 이마에, 눈꺼풀로 따갑게 떨어졌다.

우산 없이 걸었다.

갓차일드는 부드럽고 목 넘김이 좋았다.

갓차일드의 맛을 떠올리며 걸었다.

뜨거운 침이 고였다.

뜨거운 침을 삼키자 헛구역이 올라왔다.

겉모습이면 됐지 뭘 더 바라세요.

말끝에 피식 웃었던가.

나를 더 빤히 쳐다본 것 같은데.

누가 먼저 눈을 피했던가.

지금 쥬지오에 가면 그 여자를 다시 만날 수 있을까.

방금 헤어지고 금방 다시 만나는 것의 의미.

의지가 의미를 만든다.

나는 고개를 저으며 숙소의 현관 앞에 섰다.

비밀번호가 뭐였더라.

비밀번호가 여덟 자리나 된다.

어쩌자고 그렇게 긴.

나는 현관문을 열고 들어갔다.

신발장에 서서 입고 있던 모든 것을 벗었다.

양말이 가장 벗기 어려웠다.

화장실로 곧장 들어갔다.

샤워기에 물을 틀고 그 아래에 서서.

머리 위로 떨어지는 물이 차가워 소름이 돋았다.

쾅 하는 천둥소리가 이어지고 거친 바람에 창이 덜
컹거렸다.

화장실 한쪽 벽에 정사각형으로 뚫린 창을 봤다.

창밖으로 그림자가 지나갔다.

쥬지오일까. 밤늦게까지 안 자면 나타난다고 했는데.

창문에 둥근 형상의 그림자가 얼비쳤다.

매점 앞 가판대에 진열되어 있던 두상 마네킹 중에 하나를 떠올리고.

머리만 둥 떠 있는. 챙이 넓은 모자는 날아가버리고. 몸은 처음부터 없었다. 뜬눈으로. 지워진 눈동자로, 화장실의 작은 창 안을 들여다보는 것일까.

창밖으로 그림자가 나타나고 사라지고, 나타나고 사라지기를 반복했다.

나는 형체 없이 내 앞을 지나가는 것들이 싫다.

귀 옆에서 스스 하는 소리가 들렸다.

스스. 츠츠나 스츠 였던가.

스츄 스츄 이스취 이스취 이스취 였던가.

나는 내가 방금 들었던 소리를 소리 내보고.

벌레 소리 같기도 했고 아버지 숨소리 같기도 했다.

나는 아버지의 숨소리를 잊고 싶었다.

아버지는 일평생 털과 뿔을 감추고 있으리라.

밤마다 철퇴 같은 긴 꼬리를 꺼내 휘두르고.

관자놀이가 지끈거려 머리통을 옥죄일 링이 필요하

겠지.

　옥죄이고, 옥죄이는 것만이 아버지에게 안식이리라.

　나는 이제 아버지에 대한 생각을 그만하고 싶었는데 그게 잘 안 됐다.

　입안에 신침이 고였다.

　침을 삼키자 헛구역이 일었다.

　헛구역질을 해봐도 밖으로 나오는 것은 없었다.

13

아버지는 크기나 그릇에 대한 이야기를 했었다.

낙서에 실수는 없는 법이고 너는 낙서 같은 인간이다. 잘못 산 게 아니라 너는 그냥 너처럼 살았을 뿐이다. 그래서 그렇게 된 것이다. 그렇게 되었어. 후회하지는 마라. 사람마다 갖고 태어나는 그릇의 크기가 다르니. 너에게 처음부터 기대가 없었다.

아버지는 일생 동안 나에게 기대하고 있었다. 나는 알고 있었다.
내가 모르는 것은 그 기대의 내용. 그 기대의 범위.
어디서부터 어디까지였을까.

너는 내가 불쌍하지도 않느냐
아버지는 그렇게 말하기도 했다.
그때 나는 뭐라 대답했던가.
네. 그래요. 알겠어요. 했던가.
고개 저었던가.

14

퇴실 일주일 남았습니다.

메시지가 도착했을 때 나는 해변 모랫바닥에 앉아 있었다.

단 하루 밤새 휘몰아치고 태풍은 지나갔다.

바다에 발목을 담그고 앉아 있었다.

나는 숙박을 연장하기로 했다.

나는 빈 바위를 쳐다보고 있었다.

넓고 낮은.

여자가 저기 엎드려 있었는데.

저기에 전신이 닿아 있었는데.

문득 나도 저기 누워볼까 하는 충동이 들었다.

셔츠는 벗는 게 좋을 것 같았다.

아랫도리는 벗지 않겠다, 생각하면서 모랫바닥에서 일어섰다.

신고 온 슬리퍼는 앉아 있던 자리에 나란히 두고,

바위 앞으로 걸어갔다. 발바닥에 닿는 모래가 축축했다.

태풍이 완전히 소멸하자 파도는 다시 잔잔해졌다.

나는 엎드렸다.

가슴팍을 대고, 얼굴은 옆으로 두었다.

왼쪽 귓바퀴, 관자놀이에 바위가 닿았다. 차가웠다.

바위 안에서 파도 소리가 들렸다.

내 숨소리가 들렸다.

눈을 감고 숨을 들이쉬고.

내 수염에서 기름 냄새가 올라왔다.

수염을 깨끗이 밀고 쥬지오에 가볼까.

그러면 그 여자가 알아볼까.

알아보게 하기 위해서는 삭발을 하는 게 더 확실하지 않을까.

수염을 깎고 삭발을 하고, 그 두 가지를 다 하면 여자가 놀랄까.

놀라서 주문하지도 않은 위스키를 내어줄까.

더 확실하게.

안에서 셔터를 내리고 싶다.

그다음에 유리문을 잠그고.

잠글 수 있는 모든 것을 다 걸어 잠그고.

할 말이, 할 생각이 남아 있지 않을 때까지.

눈을 감고 숨을 들이쉬고.

바위에서 시원하고 단 냄새가 났다.

입을 벌리고 잠들었던가.

혀를 내놓지는 않았다.

눈을 떴을 때 입안이 다 말라 있었다.

옆으로 돌린 목이 아팠다.

돌에 배긴 귀가 불편했다.

내가 가진 모든 생각이 왼쪽 귀로 몰린 듯했다.

바위가. 내 생각들이. 내 얇은 귀를 누르고.

내 귀가 무슨 죄일까.

그 애들은 무슨 죄일까요. 여자가 전망대에서 했던 말이 떠올랐다.

나는 양손을 바위에 짚고 엎드렸던 몸체를 천천히 일으켰다.

할도에서 횡단보도를 건너야 할 일은 일주일에 두 번 정도였다. 식재료나 잡다한 것들을 사기 위해서 섬의 북쪽으로 갈 때였다. 이 섬에서 가장 번화한 곳, 북쪽으로 가기 위해서는 삼십 분 정도 걷고 횡단보도를 두 번 건너야 했다. 섬에서 가장 큰 마트와 우체국, 은행 자동화코너가 그곳에 있었다. 용궁이라는 간판을 단 소주방과 중국집, 전기 구이 통닭을 파는 호프집도 거기에 있었다. 섬의 유일한 주유소 역시 북쪽에 있었다. 섬의 북쪽은 이 섬에서 도로가 가장 잘 정비된 곳이기도 했다. 이차선 아스팔트 도로를 사이에 두고 낮은 건물들이 죽 늘어서 있었다.

겨울이 되자 몹시 춥고 누군가와 이야기하고 싶었다.

오전에는 언 창틀에 끓는 물을 부었다.

창을 밀자 서걱거리며 옆으로 밀려났다.

밖은 대단히 찬 바람이 불지도 않았고 눈이 쌓여 있지도 않았다.

있던 것들이 그대로였다.

멀리 집 한 채와 나무 몇 그루와.

단지 허공과 허공 아닌 것이 구분되었다.

모두 같은 것에서 시작되었다는 듯 땅과 하늘과 나뭇가지와 멀리 집 한 채가 비슷하게 회색빛이었고, 누르스름했다.

창밖으로 얼굴을 내놓고 서서 바깥바람 냄새를 맡았다.

밖보다 안이 더 춥다고 생각했다.

일주일 전부터 숙소 안의 냉기가 해결되지 않았다.

난방이 가동되었지만 바닥 곳곳이 차가웠다.

해가 짧아진 것뿐인데 하루가 더 쉽게 끝났다.

창문을 닫고 침대로 돌아가 이불을 덮었다.

이불은 얇고. 그 안에서 웅크렸다.

이 섬에서 겨울을 보낼 것이라면 난로를 사는 게 좋겠다는 생각을 했다.

세워둘 수 있는 안전한 것으로. 너무 크지 않은.

그런 걸 어디에서 구할 수 있을까.

섬의 북쪽 시내로 가면 될 것이었다.

그 마트에는 없는 게 없는 것 같았다.

섬의 북쪽에서 쥬지오의 여주인을 마주쳤을 때, 그때 여자는 머리를 하나로 높이 묶고 있었다.

여자는 자전거 안장에 앉은 채였다.

자전거를 탄 여자의 모습은 처음이었고, 나쁘지 않았다.

나는 내 모습이 나쁘다고 생각했다. 내 얼굴에서 뭔가 숨기고 싶었는데, 그게 딱히 어디인지는 알 수가 없어서 고개를 숙이는 것도 치켜드는 것도 어색했다.

먹을 것을 좀 사러 나왔습니다. 나는 그렇게 여자에게 말했다.

춥지 않으세요? 여자가 내게 물었다.

그 말 때문이었는지 나는 갑자기 추워졌다.

따듯하게 입으세요. 여자는 말한 다음 페달을 밟으며 사거리에서 사라졌다.

나도 내 갈 길을 가야 했는데 문득 너무 추워서 어디로 가야 할지 목적지를 잃어버린 기분이었다. 그날 저녁부터 열이 오르고 목울대가 따가웠다. 뒷목이 뻐근하고 머리가 무거워졌다. 귀가 먹먹해지고 코가 막혀 입을 벌리고 숨을 쉬었다. 눈두덩이가 붓고 눈곱이 끼고 가래가 끓는. 가래는 가슴 속 깊이 무겁게 들러붙어 기침을 해도 잘 뱉어지지 않았다.

그리고 어제는 첫눈이 내렸다.

밤 창문에서 쉴 새 없이 날리는 눈 그림자를 보았다.

침대에 누워 창밖에 흩날리는 것을 바라보았다.

창밖이 점점 환해졌다.

얇게 쌓인 눈이 세상의 빛을 반사하고 있으리라.

내일이 되면 모든 것이 나아져 있으리라.

나는 다음 날 아침을 기대하며 잠들었다.

잠에서 깨었을 때 다래끼가 나려는지 왼쪽 눈두덩이
무겁고 아렸다.

누운 자리에서 일어나 창이 난 벽 쪽으로 걸었다.

창이 얼어 열리지 않았다.

나는 무거운 두 다리로 거실까지 걸었다.

전기포트에 물을 끓여 언 창틀에 부었다.

17

쥬지오의 여주인은 대리석 바에 작은 크리스마스
트리를 올려놓았다.

트리에 연결된 전원스위치를 누르자 깨같이 작은 전
구가 밝아지고 점멸하기를 반복했다.

여자는 뱅쇼를 내오겠다며 주방 커튼 뒤로 사라졌다.

커튼 아래에서 백색 형광등 빛이 새어 나왔다.

커튼이 가끔 흔들렸다.

여자의 발목이, 슬리퍼를 끄는 모습이 언뜻 보였다.

발톱은 보이지 않았다.

발톱까지 보고 싶은가. 나는 나에게 묻고, 꼭 그런 것
은 아니라는 답을 했다.

바에는 아무 음악도 흐르지 않았다,

트리의 전구가 깜빡이는 미세한 기계음과 히터가
가동되는 소리만이 들렸다.

계피 냄새와 시큼한 냄새가 천천히 바에 스며들었다.

여주인이 끓는 뱅쇼가 담긴 스테인리스 냄비를 들고
나왔다.

냄비는 여자의 몸체를 가릴 만큼 컸다.

두 국자씩, A와 B와 나는 차례대로 뱅쇼를 유리잔
에 떠 담았다.

여자는 자기의 몫을 국그릇처럼 보이는 사기그릇에
떠 담았다.

여자는 바의 구석으로 가 느리고 잠이 오는 캐럴을
틀었다.

A와 B는 겨울 내내 방파제 옆 주차장에서 어망을
넓게 펼치고 정리하는 작업을 할 것이라고 했다. 원
한다면 내게도 그 일을 소개시켜주겠다 했다. 어려
운 작업이 아니니 사흘 정도 지나면 손에 익을 것이라
했다. 해가 지기 전에는 집에 돌아갈 수 있다고. 비나
눈이 심하게 오는 날은 나오지 않아도 좋다고 덧붙였
다. 쉬는 날에는 이 바에 와서 쉬면 된다고, 그런 날에
는 내가 술을 살 수 있다고, A가 말했다.

해보겠어? A가 내게 물었다.

A는 언제부터였는지 내게 반말과 존대를 섞었다.

아닙니다. 저는 감기가 다 낫지 않은 것 같습니다. 내가 A에게 대답했다.

감기 걸렸는데 여기는 왜 온 거야? A가 묻고.

감기에 뱅쇼가 좋다고 해요. 여주인이 말했다.

좋은 것이라면 마셔야겠다는 생각에 나는 연거푸 세 모금 삼켰다.

목울대와 가슴께가 뜨거워졌다.

두 귀와 눈가에 열기가 번졌다.

등줄기에 땀이 뺐고, 입안에 쓰고 단맛이 고였다.

뭔가 나아지는 것 같았다.

내 안에 나쁜 것들, 끈적끈적하고 묵직한 것들이 해결되는 것도 같았다.

그러고 보니 영 상태가 좋지 않은 것 같군. A가 나를 훑어보았다.

A의 시선이 내 눈가에 머물렀다.

나와 눈이 마주치고.

다래끼가 나려는 것 같습니다. 내가 설명했다.

다래끼에도 뱅쇼가 좋은가요? B가 여주인에게 물었다.

좋을 것 같은데요. 여자가 대답했다.

아무도 말하지 않자 흐르는 캐럴이 더 잘 들렸다.

느린 반주가 웅얼거리는 것처럼 들렸다.

물속에서 연주되는 악기인가. 그런 생각을 했다.

멈춘 것처럼 시간이 갔다.

바 통유리 밖, 절벽 아래에서 파도가 계속되고 있었는데 가끔씩만 깨달았다.

히터 바람이 왼쪽 눈두덩을 건드렸다.

나는 자꾸 찡그렸다.

문을 열까요? 여주인이 유리문 앞으로 걸어갔다.

나는 눈꺼풀이 무거워서 눈을 감고 앉아 있었다.

18

새벽인지 창밖이 어두웠다.

날이 밝으면 병원에 가봐야겠다고 생각했다.

섬의 북쪽에 병원이 있지 않을까.

목과 입안에 작열감이 심해서 물을 마셔도 나아지지

않았다.

가슴 깊은 곳에서 가래가 들끓었다.

기침을 하자 안면에 피가 몰렸다.

눈곱이 진물과 함께 들러붙어 눈을 뜨려 할 때 뭔가

뜯어지는 느낌이었다.

부기도 심했기 때문에 눈은 거의 감기로 했다.

왼쪽 눈꺼풀에 다래끼가 더 단단하게 자리를 잡은

것 같았다.

화장실로 들어가 입을 벌려 이를 닦았다. 관자놀이

기 둥둥 울렸다.

세수를 시작하고, 눈가에 물이 스쳤을 뿐인데 멍든

곳을 누르는 것 같았다.

거울에 비친 모습을 보았다.

나보다 다래끼가 더 자기를 드러내고 있었다.

나는 나라기보다 다래끼를 위한 이동 수단처럼 보였다.

지나치게 불필요한 것들을 많이 달고 있는,

도구를 위한 도구.

수염이나 머리카락, 손발톱은 거추장스럽지만 다 이유가 있으니 붙어 있는 것이었다.

나는 거울 앞에 얼굴을 가까이했다.

다래끼는 이 세상에 목적이 있어 나타난 것처럼 돌출되어 있었다.

만약 정말 이 다래끼가 어떤 목적을 가진 것이고,

내가 그것을 위한 수단이라면 기꺼이,

기꺼이, 기껏 내가 뭘 할 수 있단 말인가.

눈두덩에 툭 튀어나온 다래끼의 대단히 성이 나 보이는 모습이 웃기기도 해서 한번 웃었다. 그러나 정말로 웃긴 일은 아무것도 없었다.

정말로. 웃긴 일이 나에게 필요한가.

필요하다.

어떻게 해야 할까?

어떻게 해야 정말로 웃긴 일이 생길지.

발작적으로 웃었던 적이 언제인지.

지금 발작적으로 웃는다면 다래끼가 터질지도 모르겠다.

해야 할 일과 하고 싶은 일 중에 해야 할 일부터 해야 한다는 것을.

거울을 보고 다짐하듯이 섬의 북쪽으로 가야겠다고 생각했다.

19

터지면 느낌이 날 거예요. 뭔가가 흐르는 느낌이.
그럼 무균 거즈 있잖아요. 포장도 잘 되어 있어요. 약
국에서 무균 거즈 3호 달라 하면 바로 내줄 겁니다.
그거 호주머니에 넣고 다니다가 눈에서 시원하게, 화
하게, 뭔가 흐르는 느낌이 들 때 거즈를 꺼내서 눈에
가져다 대세요. 지그시 십 초 누르고 계시다가 떼시
고, 그다음에는 바람에 말리시면 됩니다. 항균 연고
바르는 것도 도움이 될 겁니다. 연고는 바르면 좋고,
안 발라도 문제될 건 없습니다. 세수 너무 세게 하지
마시고, 과음하지 마세요. 담배도 좋을 거 없고, 잠은
푹 자야 하고요. 평소에 뭘 드시건 오래 잘 씹어 드시
면 소화 흡수가 잘되서 온몸이 편안해할 겁니다. 몸
이 편안한 건 내장도 내장이지만 피부에서 먼저 나타
나게 되어 있으니 다래끼가 이렇게까지 기승을 부리
지도 않을 테고 애초에 생길 빌미를 찾지도 못할 겁
니다. 찬물보다는 늘 따뜻한 물 드시고, 따뜻한 물을
먹을 환경이 안 된다 하시면 미지근한 물을 드세요.
찬물은 몸이 놀랍니다. 놀란 몸이 무슨 말이냐 하면

예민해진다, 란 말입니다. 예민해지면 병이 안 될 것도 병으로 만들고 일을 키우는 거지요. 그런데 멀리서 오셨네요. 의사가 말했다.

노년의 의사는 내 얼굴을 들여다보았다.
나도 그의 얼굴을 마주 보았다.
의사는 등받이가 높은 갈색 의자에 앉아 있었다.
의사의 얼굴은 오래된 종이처럼 빛바랜 모습이었다. 흐린 검버섯이 여기저기 퍼져 있었고 귀가 축 쳐져 있었다. 귀 주변에는 주름이 겹겹이 겹쳐 있었다. 귀 주변에 주름은 왜 생기는 것일까. 저 의사의 귀 뒤에 어떤 힘이 거죽을 늘렸을까.

네. 멀리에서 왔습니다. 나는 의사에게 대답했다.

겨울에는 볼 것도 없을 텐데요. 감기에 다래끼까지 생겼으니 곤란하시겠습니다. 집에 돌아가시거든 이런 섬에는 다시 올 생각 마세요. 의사가 말했다.

뒤돌아보세요. 의사가 말하고.

나는 뒤돌았다.

의사가 내 등 여기저기에 청진기를 떼었다 붙였다.

청진기가 닿을 때마다 차가워서 움츠러들었다.

폐가 앓는 소리를 내고 있어요. 처방해드리는 약을
성실하게 드세요. 약을 다 먹고도 낫지 않으면 반드시
다시 오셔야 합니다. 기침을 우습게 보시면 안 돼요.
젊을 때는 자신감이 지나쳐서 오만해지기 십상이니.

의사가 말을 하는 동안에 나는 잔기침을 했다.

오후 세 시가 좀 넘었을 뿐이었는데 진료실 창밖에
해가 지는 것 같았다.

햇빛과 의사의 얼굴을 번갈아 보았다.

오늘의 환자는 나뿐인 것일까.

나뿐인 것 같았다.

감사합니다. 나는 대답하고 진료실을 나왔다.

내과 옆 약국은 잠긴 채였다.

20

선생님은 크리스마스에 뭐 하세요? B가 내 앞에 와 앉아 말했다.

나는 전복죽을 떠먹고 있었고, 부기와 열기로 얼굴이 무거웠다.

선생님은 여기 오시기 전에 무슨 일을 하셨어요? B가 내게 또 물었다.

여기, 이 섬에 오기 전에 나는 무슨 일을 했던가.

내가 했던 일의 의미. 단순하고 집요한 불안.

생계를 유지하는 것은 어렵지 않았다.

생계를 유지해야 하는 이유를 알 수 없다는 게 어려웠다.

B는 이 식당에 해물을 배송하는 일을 한다고 했다.

B는 항구에서 어부들의 일을 돕고 요트를 정비하는 일을 한다고도 했다.

선생님 아직 다 낫지 않으신 것 같네요? B가 나를 살폈다.

나는 전복죽을 먹기 위해 숙였던 얼굴을 쳐들고 그에게 나를 확인시켜주었다.

눈이 말이 아닌데요. B는 인상을 찡그렸다.

B는 내 앞으로 더 다가와 나의 눈꺼풀을 자세히 살피며 얕게 신음을 냈다.

많이 불편하시겠어요. B가 말했다.

그럭저럭 참을 만합니다. 다래끼는 곧 저절로 터질 거라고 하더군요. 제 폐에서 앓는 소리가 난다고 합니다. 나는 내과에 다녀온 경과를 B에게 알려주었다.

앓는 소리요? B가 물었다.

B는 폐의 앓는 소리를 상상하는 것 같았다.

나는 B에게 혹시 아는 약국이 있는지 물었다.

근처에 약국이 닫았으면 항구로 가야죠. B는 항구로 가는 경로를 안내했다.

버스를 탄다. 버스는 한 시간마다 이 식당 앞 정류장을 지나간다.

택시를 탄다. 콜택시를 불러야 하며, 부르고 나면 십오 분 정도 후에 식당 앞에 도착할 것이다.

걸어간다. 걸어간다면 사십 분 정도 걸릴 것이고 힘이 들 것이다.

알려줘서 고맙습니다. 내가 B에게 말했다.

이십 분 정도 여기 앉아 계시겠어요? 제가 약 지어다 드릴 수 있어요. 선생님은 차도 없으시잖아요. 저기 제 트럭 보이시나요? 사양하지 않으셔도 돼요. B는 식탁에 얹어둔 처방전을 들고 식당을 나섰다.

나는 B의 뒷모습을 보며 전복죽을 떠먹었다.

한참을 먹었다고 생각했는데 전복죽 그릇에 반은 더 남아 있었다.

벽지에 바르는 풀이 이런 맛 아닐까, 생각했다.

이걸 다 먹기 전에 B가 올까.

멀리, 계산대에 옥으로 만든 두꺼비가 내 쪽을 향해 있었다.

언제부터 나를 보고 있었는지. 계산대에 서 있던 직원과 눈이 마주쳤다.

왜 나를 보는가.

내가 누구를 닮았을까.

직원은 나와 눈이 마주치고도 말이 없었다.

이십 분만 앉아 있겠습니다. 내가 말했다.

21

해변 모래가 얇게 얼어 있었다.

그 위를 걸으니 미세한 파열이 느껴졌다.

모래에서 얼어버린 유리 조각을 밟았다.

얼어버린 불가사리를 밟기도 했다.

그 자리에 앉아 푸른 불가사리를 주웠다. 죽은 것
같지는 않았다.

있던 자리에 다시 내려놓았다.

바닷바람이 다래끼에 좋다는 이야기를 들은 적이
있다.

그래서 바람과 마주 보고 걸었다.

얼굴 정면으로 차고 짠 바람을 맞았다.

아무렇게나 머리카락이 날렸다. 눈을 찔렀다.

날리고 찌를 정도라니.

도피자, 은둔자 흉내를 내기 위해 이발을 하지 않는
것은 아니었다.

나에게는 도피니 은둔의 목적이 없고.

혼자라는 게 내가 가진 가장 좋은 점이었다.

얇게 퍼지는 파도에 운동화가 젖었다.

나는 파도에서 등을 돌려 걸었다.

해변의 매점으로 갔다. 비스킷과 우유를 계산했다.

매점 앞 파라솔에 앉아 먹기 시작했다.

비스킷과 우유, 둘 다 차가울 뿐 맛이 잘 느껴지지 않았다.

겨울이 되었는데, 왜 파라솔을 접어두지 않을까.

찬 바람에 펄럭거리는 파라솔 천을 올려다보았다.

아직 다 안 나은 것 같은데 이렇게 바깥바람을 쐬어도 되는 거요?

A가 내가 앉은 파라솔 앞에 나타났다.

A는 부지불식으로 불쑥불쑥 내 앞에 나타나고는 했다.

A는 내 맞은편 플라스틱 의자에 앉았다.

A는 나를 마주칠 때마다 불만조로 이야기했다. 그게 원래 그의 말투인 것 같았다.

A는 마주칠 때마다 취해 있거나 숙취에 시달리고 있었고 검붉은 얼굴이었는데 오늘은 아니었다.

A는 맨정신으로 보였다. 컨디션이 나쁘지 않은 것 같았다.

컨디션이 나쁜 것은 나였다. 맨정신이 아닌 것처럼 몽롱했다. 내과의사가 지어준 약이 효과를 발휘하고 있는 것 같았다. 증상이 호전된다기보다 졸음으로 증상을 묻어버리려는 의도가 있는 약인 것 같았다. 귀가 더 먹먹해지고 코가 꽉 막혀 눈구멍으로 숨을 쉬어야 할 것 같았지만, 눈꺼풀엔 다래끼가 지독하게 자리 잡고 있었다.

A는 어느새 내 앞의 비스킷을 가져가 먹고 있었다.
A는 나와 다르게 비스킷에서 어떤 맛을 느끼고 있는 것 같았다.

다 드십시오. 내가 A에게 말했다.

A는 내게 육지에서 죄를 짓고 이 섬으로 도망쳐 온 것이냐 물었다.

A의 그 질문이 왜 재미있었는지 모르겠지만.
무방비하게 입을 벌려 웃다가 건조하게 튼 입술이 찢어졌다.

아니 입술에서 피가 나잖아.

A가 더러운 것을 보았다는 듯 찡그리고 말했다.

죄는 짓지 않았습니다. 나는 웃음을 멈추고 A에게
대답했다.

그런데 왜 이렇게 여기 오래 있는 거야? A는 정말로
궁금한 것 같았다.

크리스마스에는 뭘 할 생각이지? A가 내게 물었다.

A는 크리스마스에 쥬지오에 갈 것이라 했다. 크리
스마스에는 특별히 쥬지오의 여주인이 화주를 준비
할 것이라 했다. 정신을 차리고 마셔야지 그렇지 않
으면 윗입술부터 눈썹, 이마까지 데이고 말 것이라
했다.

어떻게 마셔야 정신을 차리고 마시는 겁니까? 내가
A에게 물었다.

불에서 적당히 거리를 두라는 거지. A가 대답했다.

22

한낮의 쥬지오는 밝았다.

바의 통유리 창으로 햇빛이 들이쳤다.

눈부신 유리 밖으로 해안 절벽과 수평선이 보였다.

쥬지오의 여주인은 맑은 낮에는 늘 이런 풍경을 마주하고 앉아 있으리라.

따듯한 날에는 해변 바위로 가 웃통을 벗고 엎드리기도 하는.

낮에 쥬지오를 찾아온 것은 처음이었다.

검은 대리석에 반사되는 진한 햇빛에 눈이 부셨다.

바 안에는 음악이 흐르지 않았고, 중절모를 쓴 누군가 앉아 있었다.

낮이었기 때문인지 쥬지오에서 A나 B가 아닌 손님을 보는 것은 처음이었다.

나는 바의 끝자리에 자리를 잡고 앉았다.

나는 중절모를 쓴 그를 단번에 알아보지는 못했는데. 중얼거리는 목소리가 익숙해서 고개를 약간 돌려 그쪽을 봤다.

사변적이다 할 때 사변은 네모의 네 개의 선분을 말
하는 게 아니오. 은총이 실버 건이 아니듯이. 우리가
우리 나라말을 똑바로 알아야 개인과 개인이 대화를
할 때 비로소 참된 소통이 가능할 것이오. 젊은 사람
들은 노인을 신기해하는데. 가령 노인이 유튜브 동영
상에 등장해서 능동적으로 상황을 진행하면 그것을
두고 굉장히 재미있어한단 말입니다. 왜 그런지 혹시
아시는지?

나는 중절모를 쓴 남자의 말을 자세히 들었고 또
그의 축 처진 귀를 알아보았다.
그는 섬의 북쪽, 내과의 갈색 가죽 의자에 앉아 있
던 늙은 의사였다.

늙었기 때문이겠죠. 여주인이 대답했다.

맞아요. 늙었기 때문이지요. 노인은 노인임에도 불
구하고 건강하다는 이유로 놀라움의 대상이 되는 것

이오. 사람들은 노인을 볼 때 위태롭거나 신기하거나 불쾌하거나 그 셋 중 하나의 반응이란 말이오. 그런데 그 사람들의 시선이라는 게 왜 그런지 알고 계시는지? 노인이 한 번 더 여주인에게 물었다.

이번에 여주인은 대답하지 않았다.
여주인은 벽에 진열된 술병 중에 하나를 들고 광택이 나는 천으로 닦았다.

충분히 젊을 때는 자기의 늙음을 모르기 때문이오. 의사는 자기 통찰에 만족했는지 눈을 지그시 감았다.

여주인은 바 끝자리에 앉은 나를 알아보고 위스키를 한 잔 내어주었다.

감사합니다. 내가 대답했다.
중절모를 쓴 내과의사가 내 쪽으로 고개를 돌렸다. 나를 알아보지는 못한 것 같았다.

젊은이는 초면이네? 내과의사가 아주 내 쪽으로 자

세를 고치고 앉았다.

아닙니다. 지난주에 진료를 받으러 찾아갔습니다. 내가 대답했다.

내과의사는 나를 살피고 곧 알아보았다.

아니 그런데 그 눈이 왜 아직 그 모양이요? 터질 때가 지난 것 같은데. 의사가 심각해졌다.

평소에 어떤 생활을 하느냐가 중요한데. 물을 너무 안 마시는 것은 아닌지? 낮부터 위스키 마시고 물은 안 마시면. 그건. 지금은 모르겠지만 나중에는, 나만큼 나이가 들었을 때는 반드시 후회할 거요. 의사가 말했다.

내과의사는 잔을 다 비우지 않고 바를 나섰다.

섬의 북쪽으로 가서 오후 진료를 시작하려는 것 같았다.

의사가 나갔지만 그의 체취가 남아 있었다.

오래된 서랍장 안의 냄새 같기도 했고, 한약재 냄새

같기도 했다.

그런 냄새를 맡으면서.

빛이 있는 곳에 내 잔을 들어 이렇게 저렇게 비추어 보았다.

잘게 빛이 부서지고.

의사의 말대로 다래끼가 터질 때가 지난 것 같은데.

왜 아직 터지지는 않는지, 그런 생각을 하며 잔에 든 것을 마셨다.

밝은 쥬지오 안에 아무 음악도, 기계음도 들리지 않았다.

바에 얹어둔 크리스마스트리가 햇빛에 플라스틱의 재질을 드러내고 있었다.

밝은 빛기둥 안에 먼지가 부유하는 모습을 바라보았다.

쥬지오의 여주인은 바의 유리문 앞으로 걸어갔다.

쥬지오의 여주인은 유리문을 안에서 걸어 잠갔다.

여자는 까치발을 하고 서서 팔을 뻗쳐 유리문 맨 위쪽을 더듬었다.

여자는 굵은 녹색 실로 엮은 니트를 입고 있었는데, 팔을 한껏 치켜들자 옆구리와 골반의 살갗이 드러났다.

여자가 잠금장치를 돌리고, 금속이 돌아가는 그 소리가 유일하고도 크게 들렸다.

지금 문을 잠그는 건가요? 내가 여자에게 물었다.

네. 여자가 내 쪽으로 뒤돌아 대답했다.

문을 왜 잠그는 거죠? 내가 여자에게 다시 물었다.

브레이크 타임이에요. 아직 안 나가신 줄은 몰랐네요. 여자가 웃으며 말했다.

여자의 이가 가지런하고 깨끗했다.

왜 웃는 걸까.

여자의 웃는 얼굴을 보니 가슴 언저리에서 무언가 녹아내리는 것 같았다.

그리고 다래끼가 터질 것 같았다.

23

오늘 창은 얼지 않았다.

나는 창밖의 풍경을 바라보고 서 있었다.

부연 풍경에 밝은 점을 찍듯 희고 작은 새가 나타났
다. 나뭇가지에서 고개를 비틀고 대가리를 한껏 구부
려 자기 가슴께의 털을 정리했다.

나는 창을 닫고 침대로 돌아왔다.

아침, 점심, 저녁으로 성실하게 약을 먹었기 때문인
지 가래 끓음과 귀 먹먹함, 골 울림이 나아졌다. 약효
가 아니라 나아질 때가 되었기 때문에 나은 것일 수
도 있었다.

시간이 약이라는. 나아질 때가 되면 다 나아지고,

나아지지 못하는 것들은 때를 기약하지 못한다.

위쪽 눈꺼풀 위의 다래끼는 낫지를 않았다. 곧 터질
것처럼 계속 그 자리에 단단하게 있었다. 나는 익숙해
져서 부기와 열기와 쓰라림을 견딜 수 있게 되었다.

세수할 때, 베개를 벨 때 왼쪽 눈두덩에 자극이 덜한 요령이 생기기도 했다.

　나는 다래끼를 의식하면서 얇은 이불을 머리끝까지 올려 덮었다.
　그리고 그 안에서 웅크렸다.
　연두색과 붉은색이 얼룩덜룩하고.
　이불은 너무 얇아서 바스락거렸다.

　나는 자리에서 일어나기로 했다.
　무거운 다래끼를 운반하기 위해 몸을 일으키고.
　곧장 화장실로 걸어갔다.

24

바의 조명은 다른 날보다 더 어두웠다.

대리석 바에 처음 보는 촛대가 올라와 있었다.

느린 캐럴이 흐르고. 크리스마스트리는 바의 끝에서 천천히 빛을 내고 점멸하기를 반복했다.

A는 바 위에 손질한 방어회를 올렸다.

일회용 스티로폼 용기에 두툼한 방어 살점이 켜켜이 쌓여 있었다.

회 먹을 줄 아나? A가 나를 툭 치며 말했다.

네. 먹을 줄 압니다. 내가 대답했다.

이건 어때? A는 검은 봉투에서 또 다른 스티로폼 용기를 꺼내었다.

거기에는 얇고 가는 천 조각 같은, 부위를 알 수 없는 선홍과 흰 생신 살이 뉘엉켜 있었다.

회를 좋아하는 모양이야? A가 물었다.

네. 나는 대답했다.

저는 케이크를 준비했어요. 쥬지오의 여주인이 상자에서 작고 둥근 케이크를 꺼내었다. 케이크는 희고, 붉은 장식이 있는 것이었다.
이건 좀 취한 다음 잘라 먹기로 해요. 여주인은 다시 케이크를 상자에 넣었다.

A는 회가 담긴 스티로폼을 여주인에게 건네고,
여주인은 그것을 가지고 커튼 뒤로 사라졌다.
그리고 나는 쥬지오의 여주인의 발톱을 처음으로 보았다.
아무것도 발리지 않은 맨 발톱이었다.

A와 B와 나는 조련된 동물처럼 앉아 있었다.
A와 B는 여자의 발톱을 보았을까.
보지 못했으리라, 나는 생각했다.

여자는 커다란 나무 도마를 들고 주방에서 나왔다.
도마 가장자리에 방어가 둘러져 있었고 잘게 조각

난 생선 살은 도마 한가운데 뭉쳐둔 모습이었다.

여자가 회를 바에 올려놓았다.

여자는 술이 진열된 벽면으로 가 병을 하나 뽑아 들었다.

우리는 술과 회를 먹기 시작했다.

방어 기름과 투명한 술이 잘 어울렸다.

내과의사가 나타난 것은 그로부터 한 시간쯤 지난 뒤였다.

내과의사는 얼마 전에 마주쳤을 때와 마찬가지로 오래된 서랍장과 한약재 냄새를 풍기며, 그 중절모와 그 외투를 걸치고 나타났다.

여기서 만나는군. 의사가 말하고.

A와 B는 내과의사를 익히 아는 사이인 듯 인사를 나누었다.

이 친구는 오늘도 만나네. 의사는 중절모를 벗고 나

에게 말했다.

그런데 아직도 다래끼가 그대로라니. 의사는 내 얼굴을 확인하고 말끝을 흐렸다.

A옆에 B가, B옆에 내가, 내 옆으로 내과의사가 앉았다.

내과의사가 등장했을 뿐이었는데 쥬지오의 내부가 비좁게 느껴졌다.

여주인은 바 너머에 있었다.

방어 기름이 다래끼에 좋지 않을 텐데. 의사가 바에 차려진 것들을 보고는 혀를 찼다.

여주인은 칵테일 다섯 잔을 만들어 왔다.

이제 불을 붙일 테니 조금 물러나세요. 여주인이 말했다.

여주인이 라이터 건의 버튼을 누르자 그 끝에서 푸른 불이 툭 튀어나왔다.

스스로 움직이는 것처럼, 푸른 불이 칵테일 잔 위로 옮겨졌다.

잔 위에서 불은 주황으로 이글거렸다.

작은 잔 위에서 불이 흔들리고.

A와 B, 나, 내과의사는 잔을 들어 올렸다.

잔을 들자 얼굴 전면에 열기가 훅 끼쳤다.

작은 잔의 끝을 서로 조심스럽게 부딪쳤다.

그리고 단번에 들이켰다.

목울대와 가슴께가 뜨거워졌다.

왼쪽 눈두덩에 뜨거움이 번졌다.

뭔가 나아지는 것 같았다.

세상에.

선생님 눈에서 피가 나세요.

무균 거즈 가지고 있습니까?

피 눈물을 흘리는 것 같아요. 울고 있는 서예요?

A와 B, 내과의사, 여주인이 차례대로 말했다.

떨어지는 피가 나에게도 보였다.

대리석 바에 뚝뚝 떨어졌다.

고름이 섞여 둔탁한 자주 색깔이었다.

여주인이 내게 손수건을 건넸다.

감사합니다. 나는 손수건을 받아 들었다. 그리고 왼쪽 눈을 지그시 눌렀다.

불 가까이 있었으니 자연히 멸균되었을 겁니다. 너무 걱정 마시오. 십 초만 누르고 있으면 멈출 겁니다. 갑자기 피를 봐서 놀랐을 테니 새 잔을 받아 한 번에 쭉 들이키시오. 새 잔은 내가 사겠소. 늙은 내과의사가 내 어깨를 툭툭 쳤다.

바람을 좀 맞으세요. 여주인이 바의 유리문을 밖으로 활짝 열어젖혔다.

유리문이 열리자, 밖의 어두움과 짜고 찬 바람이 휘몰아쳐 들어왔다.

파도 소리가 컸다.

나는 눈에 대고 있던 손수건을 뗐다.

파도의 포말이 왼쪽 눈두덩에 들러붙는 것 같았다.

나는 깊이 숨을 들이쉬었다.

방금 먹었던 회가 뱃속에서 싱싱해지는 것 같았다.

술에 불도 붙였고, 이제 케이크에 초를 꽂으면 되겠어요. 여주인이 유리문 앞에 서서 말했다.

바람이 아무렇게나 여자의 긴 머리카락을 흩날리게 했다.

캐럴보다 파도 소리가 더 크게 들렸다.

유리문을 닫고, 바 앞으로 돌아온 여주인은 케이크를 꺼내었다.

다래끼가 터진 자리에 진물이 마르는지 새로운 이물감이 느껴졌다.

여주인은 A와 B, 의사, 나에게 작은 은색 초를 하나씩 나누어주었다.

이런 초는 어디에서 팔지? 빨강이면 빨강. 파랑이면 파랑. 노랑이면 노랑. 그런 분명한 색을 잘 안 쓰는 게 요즘 사람들 특징이야. 의사가 말했다.

초를 드렸으니 소원을 빌고, 여기에 꽂으세요. 여주인이 케이크를 바 한가운데에 올려두었다.
소원을 빌기 위해 모인 것처럼,
일제히 조용해졌다.

선생님은 성함이 어떻게 되세요? B가 내게 물었다.
나는 모두에게 내 이름을 알려주었다.

클래식한 이름이군. 의사가 말했다.

감사합니다. 내가 대답했다.

그래. 이제 자네 이야기를 해봐. 이 섬에 와서 가장 즐거웠던 일 같은 걸 말해봐. 의사는 진심으로 궁금한지 내 쪽으로 가까이 다가와 물었다.

다래끼가 터진 게 가장 좋았습니다. 내가 대답했다.

의사는 내 대답을 의심하는지 잠깐 불쾌한 표정이
되었다.

그러나 이내 표정을 풀었다.

A와 B는 새롭게 구입할 요트에 대해 이야기를 나
누고 있었다.

요트는 바다 어디까지 나갈 수 있나요? 나는 아무나
대답해도 좋다는 생각으로 허공에 대고 말했다.

가고 싶은 곳까지 갈 수 있죠. B가 대답했다.

가고 싶은 곳까지, 그 말이 마음에 들어 속으로 되
뇌었다.

의사는 내게 뺨을 들이밀어 보였다.

노 의사의 뺨은 구겨진 서류봉투 같았다.

의사는 비를 맞는 것민으로 베인나는 게 정말이라
고 했다.

할도의 서쪽 절벽 꼭대기에서 험한 비바람을 맞아

보았느냐, 의사는 내게 물었다.

잘 살펴보니 의사의 뺨에 희미하고 결이 다른 선이 보이는 것도 같았다.

의사는 뺨에 남은 흉이 자랑스러운 것 같았다. 그 날 카롭고 센 비를 맞았다는 게, 안줏거리를 보태고 있다는 사실이 그를 뿌듯하게 만든 것이었다.

사람은 왜 태어나 슬픈 기억을 하나쯤 만들고. 시간이 지나면 그걸 추억이라고 부르기도 할까요?

바 너머에서 쥬지오의 여주인이 말했다.

저 여자는 지금 취한 걸까. 나는 생각했다.

여자는 고개 들어 사람들은 보지 않고 술잔에만 집중하고 있었다.

여자는 자기 앞에 유리잔을 손가락으로 천천히 문지르고 있었다.

나는 여자를 따라 내 유리잔을 문질러보았다. 매끄럽고 단단했다.

다래끼 터진 자리가 욱신거렸다.

지금 눈이 오고 있나요?

내가 물었다. 모두에게.

촛대에 초가 반은 녹아 있었다.

촛불이 이글거리고 같은 캐럴이 반복되었다.

25

거기에 가면,

돌아오는 것만이 너의 유일한 임무가 될 것이다.

그러나 너는 쉽게 돌아올 수 없을 것이다.

너는 극복하거나 극복하지 못할 것이다.

그게 아니라면 너는 거기에서 사라져라.

아버지의 목소리는 나의 안에서 들려왔는데.

내 가슴이나 머리에서 시작되는 것은 아니었다.

미안하지만 서쪽 절벽으로 가라. 거기에 가면,

아버지는 그렇게 말했던 걸까.

나는 멀리 해안 절벽을 바라보며 걸었다.

저 절벽 꼭대기에 가면 뭔가 있을 것 같다는 생각이,

충동이 생겼다.

파도는 내 왼편에서 계속되었다.

왼편으로 몸이 기울었다.

내가 걷는 곳 역시 절벽이기는 마찬가지였다.

해안 절벽을 따라 걷는 내내 텅텅, 하는 소리를 들

었다.

내 발걸음마다 작은 돌이 굴러떨어지고 있는가.

다래끼가 터진 자리에 피고름이 굳어 딱지가 생긴 것 같았다.

쥬지오의 여주인이 내게 건넨 손수건을 쥐고 걸었다.

사람은 왜 태어나 슬픈 기억을 하나쯤 만들고.

시간이 지나면 그걸 추억이라고 부르기도 할까.

쥬지오의 여자가 한 말을 오래 기억하고 싶었다.

이해할 수 없는 것은 무엇일까.

왜 태어나 슬픈 기억일까.

시간이 지나 추억일까.

26

어항은 밝고 공허했다.

어항을 닦는 꿈이었다.

텅 빈 어항에 사다리를 타고 내려갔다.

어항 유리 바닥에 이끼가 끼어 있었다.

굵은 물줄기가 위에서 떨어지기 시작했다.

누가 물을 붓고 있을까.

고개 들어 위를 올려다보았다.

어항 안에서 나는 얼마나 미미한지 끝없는 유리의
곡면만이 보였다.

곡면을 타고 두꺼운 물줄기가 쏟아졌다.

나는 위에서 물을 붓는 사람을 알 것 같았다.

내가 확인하려 할 때 목 아래까지 물이 차오르고.

눈까지 물이 차올라 뜬 눈앞이 부옇게 번졌다.

정수리까지 물이 차고 유리 어항 밖에서 희미하게
호루라기 소리가 들렸다.

어제는 아버지 꿈을 꿨습니다.

나는 누군가에게 이 말을 하고 싶었다.

다래끼가 사라지고 그 자리는 곧 깨끗해졌다.

나는 내가 좀 달라 보였다.

앓고 난 다음이라 나는 이제 A만큼 마른 것이다.

눈가가 움푹 패여 있었다.

내 턱과 광대가 이렇게 강렬했던가.

쥬지오가 이런 모습일까.

쥬지오는 귀와 코에 긴 털이 자란다던데.

나는 면도를 해야겠다는 생각을 했다.

27

12월 29일

면도 이발 아이젠

12월 29일이 되자 일기가 쓰고 싶었다.

면도, 이발, 아이젠, 이게 다일까.

내가 쓴 것을 내려다보았다.

필체가 나쁘지 않다는 생각을 했다.

약간 기울고 흘려 쓴 그 형상이 나의 어딘가와 닮아 있었다.

나는 나의 불균형한 어깨, 힘없는 머리칼과 흐린 눈빛을 떠올렸다.

창을 열고 밖을 봤다.

찬 바람 냄새가 좋았다.

숨 쉬는 데 아무런 거리낌이 없었고, 입과 목구멍에서 이물감이 느껴지지도 않았다. 전신의 살갗이 시리거나 전신을 잡아끄는 무게감을 느끼지도 않았다.

나는 열과 감기, 다래끼로부터 회복된 것이었다.

뭐라도 하고 싶다.

뭘 해야 할까.

할도에서 나는 종일 누워 있는 날이 잦았다.

종일 누워 있는 것은 내가 이 섬에서 가장 하고 싶었던 일이기도 했다.

너무 가라앉는 날이면 해변으로 가 물결을 봤다.

술 생각이 나면 쥬지오로 갔다.

그것으로 충분한 생활이었다.

북쪽 시내로 가 면도기를 사고 이발을 하리라.

나는 이것저것 걸쳐 입고 밖을 나섰다.

북쪽을 향해 걷는 일은 이제 익숙했다.

비포장된 흙길, 오르막과 내리막, 해안 절벽과 수풀, 파도 소리와 눈을 찌르는 햇빛, 가끔 나타나는 비석과 버스 정류장 같은 것들이. 차례로 다음에 나타날 장면을 그릴 수 있을 만큼.

신발 밑창이 얇아져 길바닥에서 밟히는 것들마다 생생하게 느껴졌다.

작은 돌가루가 많은지 걸을 때마다 바작거리는 소리가 났다.

언젠가 북쪽 거리에서 미용실과 이발소를 본 것 같았는데.

착각이었을까. 시내를 두 번 돌아도 보이지 않았다.

나는 마트로 향했다.

건물의 한 층을 모두 차지하는 그 큰 마트는 낮에도 해가 들지 않았다. 천장의 조명은 어두웠다. 벽마다 물건이 쌓여 있고, 천장까지 물건들이 쌓여 있는 구간도 있었다. 구획을 지을 수 없이, 발 디딜 틈 없이, 물건들이 쏟아진 것처럼 쌓여 있는 곳도 있었다. 마트 입구에서부터 서늘한 곰팡이 냄새가 났다.

나는 면도기와 아이젠, 맥주 네 캔을 샀다.

맥주를 마시고 싶기도 했고, 아이젠을 차고 서쪽 절벽으로 가 그 거세다는 겨울바람을 맞고 싶기도 했다.

비가 온다면 뺨이 베이리라.

베이고도 싶었다.

숙소로 돌아오는 길 역시 익숙했다.

나는 돌아오는 길이 더 좋았다.

돌아오는 길에 내려다보이는 바다가 더 크고 온화해 보였다.

구름을 뚫고 바다 수면으로 떨어지는 빛기둥을 보았다.

어디서부터 어디까지 하늘일까.

걸으면서 맥주 두 캔을 마셨다.

숙소로 돌아왔을 때는 점심시간이 지나 있었다.

화장실로 곧장 들어가 거울 앞에 섰다.

일회용 면도기의 비닐 포장을 뜯었다.

드문드문 눈앞을 가린 힘없는 머리칼을 면도날로 베어냈다.

옆머리와 뒷머리는 그냥 두었다. 건드리지 않는 게 나을 것 같았다.

수염을 깎고 비누 거품을 내 세수했다.

샤워를 하는 동안 허기지기 시작했다.

방으로 돌아와 창을 열고, 침대에 걸터앉아 맥주를

마셨다.

창문과 창밖 풍경은 멈춘 화면처럼 고요했다.

옆머리와 뒷머리는 어떻게 해야 할까.

나는 한 사람을 떠올렸다.

쥬지오의 여주인이라면 능숙하게 잘라줄 수 있지 않을까.

머리칼을 잘라준다면, 그 여자 손가락이 내 귀를 스칠 것이다.

그 여자 손끝은 차가울 것 같은데.

언젠가 그 여자 손끝이 닿았던 적이 있었던 것 같은데.

그건 술이 취했을 때 기억일까.

착각일까.

그런 생각을 하면서 맥주를 마셨다.

머리를 다 자른 다음에는 함께 서쪽 절벽에 같이 가보지 않겠느냐, 여자에게 묻고 싶었다.

맥주가 모자랐다.

28

12월 30일

서쪽 절벽

A와 B는 그 절벽에 대해서 이야기했었다.

할도에 있는 동안 한 번쯤 가보라는 것. 지금껏 보지 못한 풍광을 경험하게 될 것이라는 것.

비가 내린다면 더 장관일 것이며, 비가 없이도 휘몰아 불어닥치는 바람만 맞다 와도 충분할 것이라는 것.

아니. 갈 필요 없다. 아무 볼 것도 없으며 거센 바람에 다치기만 할 것이라고. 절벽 끝까지 다다르지도 못하고 가파른 바위 위에서 미끄러질 것이라고.

혹시 간다면 잘 준비하고 떠나야 한다고 했다.

어떤 준비를 해야 합니까?

목도리와 귀마개, 아이젠, 생수 두 병, 삶은 계란과 초콜릿, 목장갑, 나침반과 헤드 랜턴, 고글과 호각. 맥가이버 칼. 그 모든 것을 담을 탄탄하고 얇은 가방.

그게 정말 다 필요한 건가요? 내가 묻자
그건 너의 선택이라는 대답이 돌아왔다.
아이젠과 생수, 초콜릿, 세 가지는 꼭 필요할 것이라는 말이 더해졌다.

나는 A와 B의 말을 떠올리며 오백 밀리리터짜리 생수 두 병과 비스킷, 아이젠을 배낭에 넣었다.
내가 갖고 있는 배낭은 지나치게 큰 것이었다.

서쪽으로 가는 것은 처음이었다.
서쪽으로 향해 걸을수록 찬 바람에서 돌가루 냄새가 났다.
서쪽에는 항구도, 시내도 없었고, 그저 절벽이 있을 뿐이었다.
그 절벽은 시간의 흐름 속에 솟아오른 것이 아니었다.
한순간의 폭발로 날아오른 것, 뚝 떨어진 것, 흘러내

린 것들이 덕지덕지 엉기고 굳어 만들어진 것이었다.
절벽 위에 또 다른 절벽이 시작되려는 듯이 갑작스럽
고 거대한 형상이었다.

　서쪽에서 내려다보이는 바다는 내가 지금껏 할도
에서 본 것과는 달랐다.
　얼마나 깊은 걸까.
　검고 투명했다.
　파도는 없었고 육중하게 일렁이기만 했다.

　본격적인 가파른 길은 시작되지 않은 것 같았는데.
　난데없이 크나큰 바위가 눈앞에 나타났다.
　다리를 벌리고 팔을 뻗어 거미처럼 바위를 기어올
랐다.
　목장갑을 챙겨야 했다는 생각을 하면서, 땀이 맺히
기 시작했다.
　목에 두른 목도리를 풀어 배낭에 넣었다.
　얼마 가지 않아 외투를 벗어 배낭에 또 넣었다.

　숨이 차오르고 나는 바다 쪽을 내려다보며 생수를

마셨다.

그렇게 몇 번이고 바다를 보고 물을 마셨다.

잠깐 멈추는 일은 그다지 도움이 되지 않았다.

다시 얼마 오르지 않아 숨이 차올랐다.

턱 밑까지 숨이 차고, 나는 점점 절망감을 느꼈다. 그건 절벽이 너무 험해서가 아니었다. 절벽으로 기어오르면 기어오를수록 내 신음과 숨소리가 아버지의 그것과 너무나 같았기 때문이었다. 나는 그만 헐떡이고 싶었는데 마음대로 되지 않았고 아버지 숨소리를 떨쳐낼 수 없었다.

귀에 붙은 것처럼 아버지 숨소리가 생생했다.

왜 나는 아버지 숨소리까지 기억해야 할까.

목울대에 이물감이 차올랐다.

잠깐 울었다.

울음소리도 아버지와 같아 거북하고 우울했다.

무슨 일이야?

언제 나타났는지 처음 보는 노인이 내 뒤에서 나를 툭툭 건드렸다.

아무것도 아닙니다. 나는 울음을 추스르고 말했다.

노인은 갈색의 누빈 외투를 걸치고 있었고, 넝마 같은 가방을 메고 있었다.

몸집이 나보다 작아 경계심은 들지 않았다.

아무것도 아닌데 이렇게 울어? 노인이 나를 훑어보았다.

아버지 생각이 나서 그랬습니다. 나는 대답했고.

아버지를 많이 사랑했던 거야. 노인이 내 등을 쓸었다.

그건 아닙니다. 내가 말했다.

그렇지 않고서야 왜 이리 울어. 노인은 내 손을 가져가다 잡고 주물렀다.

아니요. 정말 아닙니다. 나는 대답하는 동안에 다시 울음이 터졌다.

뭐가 문제야. 말해봐. 노인의 음성은 낮고 떨림이 있었지만 확고함과 확신이 느껴지는 목소리이기도 했다.

뭐가 문제일까. 나는 생각했다.

사람은 태어나서 왜. 아무 추억도 없는데 왜 슬픈 건
가요.
내가 노인에게 묻고 싶은 말이 꼭 그건 아니었다.

괜찮아. 자네는 아직 젊잖아. 노인은 나를 달래고.
아니요. 저도 곧 늙을 텐데요. 나는 계속 끅끅댔다.

괜찮아. 자네도 곧 죽어. 노인이 슬며시 웃었다.
네. 그래요. 나는 노인의 그 말을 이해했다.

자 이제 다시 올라가보겠나? 노인이 내 손을 놓았다.

노인은 가다 멈추고 가다 멈추고를 반복하며 바위
사이에서 풀을 뜯었다. 뜯은 풀은 넝마 같은 가방에
차곡차곡 넣었다.
나는 그 풀을 알아볼 수 있었다.
언젠가 할도 팸플릿에서 보았던 것 중 하나였다.

노인은 바위틈의 풀을 뜯느라 자주 멈췄다.

노인이 내 앞이나 뒤에서 풀을 뜯는다는 사실만으로, 거친 절벽에서 느낀 압도감과 위태로움으로부터 좀 자유로워진 것 같았다.

이걸 줄까?

노인은 내게 작고 희끗하고 그 끝이 분홍으로 물든 꽃을 건넸다.

시들면 어떡하죠? 제 손이 뜨거워서 곧 시들 것 같은데.

나는 꽃을 받아 들고 말했다.

그럼 버려.

노인은 다시 앞으로 휘휘 걸어갔다. 바위를 척척 올라타고 가볍게 착지했다.

나는 노인의 가벼움을 따라하고 싶었지만 불가능했다.

얼마나 더 가야 하나요? 노인이 내게서 멀어져 나

는 목소리를 높였다.

온 만큼 더. 노인은 그 말을 하고 금세 멀리로 사라졌다.

그리고 바람이 시작됐다.

찬 바람에 모래보다 미세한 알갱이가 섞여 있었다.

하늘은 어두워지기 시작했다.

비가 내리려나.

내리는 비에 뺨이 베일까.

나는 절벽을 오르면서 끊임없이 절벽을 상상했다.

더 대단하고 믿을 수 없는 모습으로.

내 안에서 절벽은 변모했다.

내 손 안에서 작고 희끗한 꽃은 누렇고 축축하게 변해 있었다.

바위 한구석에 놓아주었다.

노인은 어디로 갔을까, 절벽을 넘어 반대편으로 내려갔을까.

노인이 되돌아 내려온다면 한 번은 더 마주치지 않

을까.

　절벽을 오르는 길은 점점 더 좁아지고.

　한쪽에는 돌벽이 한쪽에는 낭떠러지였다.

　오를수록 하늘의 구름이 두터워졌다.

　바다와 하늘이 같은 어두움, 같은 색이 되었다.

　더 올라야 할 바위나 길이 없을 때, 거기가 절벽의
끝이라는 걸 알 수 있었다.

　절벽의 가장 꼭대기에는 비석이 하나 놓여 있었고,
눈이 내렸다.

　뺨을 베어버린다는 거친 비가 아니라 싸라기눈이
흩날리고 있었다.

　바람은 심하지 않았다.

　절벽의 꼭대기는 어둡고도 환했다.

　노인이 내게 건넸던 그 희고도 분홍빛의 꽃이 바위
틈새마다 빽빽하게 피어 있었다.

　나는 넓적한 바위를 찾아 앉았다.

　고개 들어 하늘을 봤다.

　회색에 가까운 푸른색이 한방향으로 흘렀다.

어디서부터 어디까지 하늘일까.

칼 같은 비를 맞고 싶었는데.

허공에 날리는 눈이 내 얼굴에서 가볍게 녹았다.

거친 숨이 잦아들고.

바위에 앉아 있은 지 얼마 지나지 않아 땀이 차갑게
식었다.

춥고 졸음이 몰려왔다.

배가 고픈 것도 같았다.

배낭에서 비스킷을 꺼내 먹었다.

입안에서 서걱거렸다.

따듯한 물을 마시고 싶었다.

나는 발밑에 빼곡한 꽃을 내려다봤다.

험한 비바람이 이런 꽃을 만들어낸 걸까.

작고 빳빳하고 빛이 나는 꽃이었다.

싸라기눈이 그 꽃 위에 툭툭 떨어지고 녹았다.

절벽의 꼭대기에서 내려다보이는 바다에는 등대나
섬, 배 한 척, 아무것도 없었다.

바다는 바다로, 수평선을 보여줄 뿐이었다.

해가 거의 지려는 것 같았다.

지는 해가 바다와 하늘의 경계를 점점 더 분명하게
했다.

너무 어두워지기 전에 돌아가야 했다.

더 마실 물도 먹을 비스킷도 없었다.

내려오는 길에는 눈보라가 심해 눈앞이 흐렸다.

짚고 밟는 길마다 바위마다 미끄러웠다.

싸라기눈이 떨어져 얇게 얼기 시작한 것이었다.

나는 더듬어 내려갔다.

땀에 젖은 옷은 차갑고 축축하게 전신을 감싸고,
이가 딱딱 부딪히도록 추웠다.

내리막길이 끝이 나고 다 내려왔을 때는 완전한 어
두움이었다.

어두움 속에서 안면이 얼얼했다.

길게 휜 해안도로를 걸었다.

평지를 걸으니 허벅다리에 힘이 풀려 노곤했다.

익숙한 파도 소리가 들려오고.

숙소에 돌아와 배낭을 풀자 그 안에 아이젠이 얌전
히 있었다.

저걸 신발 밑에 채웠어야 했는데.

왜 꺼내지 않았던 걸까.

그날 밤에 꿈을 꾸고 싶었다.

깎아지른 절벽과 내려다보이는 검고 투명한 바다
의 수면과 흩날리는 눈과 꽃을 한 번 더 보고 싶었다.
하지만 너무 피곤했던 탓인지 아무 꿈도 꾸지 않았다.

29

1월 1일

그래서 해결됐나요?

해결이 됐을까.

A와 B와 쥬지오의 여자와 나는 해변 모랫바닥에 앉아 있었다.

모래사장은 녹지 않은 눈으로 하얗고 단단하게 얼어 있었다.

파도가 발끝에 닿을 것처럼 가까이에 있었다.

우리는 해가 질 때까지 앉아 있기로 했다.

새해의 첫 해넘이를 보기로 한 것이었다.

나는 모두에게 내가 서쪽 절벽에 다녀온 이야기를 했다.

A는 내가 서쪽의 그 절벽이 아닌 또 다른 어떤 절벽, 절벽이 아닌 동산에 다녀온 게 아닌지 의심했다. 꽃이

필 리가 없다는 것이었다. 게다가 마주쳤다던 그 노인
에 대해서, 노인이라면 그 절벽에 오를 리가 없다는
것이었다.

정말 거칠고 험한 돌산, 돌벽이었습니다. 나는 A에
게 말했다.

그렇다면 그 노인에 대해서 더 말해봐. A는 할도에
사는 노인들이라면 인상착의만으로도 짐작할 수 있
다고 했다.

그 노인은 갈색 넝마를 걸치고 있었고, 누벼진 바지
를 입었던 것 같습니다. 그리고 누더기 같은 가방을
메고 있었는데 거기에 풀을 뜯어 넣었고요. 얼굴에 주
름이 많았지만 힘이 없어 보이지는 않았습니다. 힘을
전혀 쓰지 않고 바위를 넘었습니다.
내가 기억하는 것은 그게 다였다.

그런 것 말고 특징을 말해봐. A는 내게 다시 물었다.

손이 따듯했습니다. 내 대답에 A는 혀를 찼다.

선생님, 그럼 그 꽃에 대해서 말해보세요. 제가 꽃에 대해서라면 모르지 않으니. B는 꽃에 대해서 말해보라 했다.

그 꽃은 너무 작고 빛났고 빳빳해 보였습니다.
내가 기억하는 꽃의 이미지는 그게 다가 아니었지만, 그렇게밖에 말할 수 없었다.

빳빳하다니요. 꽃을 보고 빳빳하다는 사람은 처음이에요. 쥬지오의 여자가 웃었다.
여자가 웃자 입김이 흩어졌다.

추운가요? 내가 여자에게 물었다.
좀 춥네요. 여자가 대답했다.
나는 내가 입고 있는 걸 벗어주고 싶었다.
저 여자에게 내가 뭘 해줄 수 있을까. 나는 혼자 생각했다.
파도가 저 여자 발을 적시면 내 양말을 벗어줄 수

있지 않을까.

나는 파도와 여자의 발을 바라보았다.

파도 거품은 하얗고 부드러워 보였다.

컵라면과 소주를 먹지 않겠느냐고, A가 말했다.

좋은 생각이라고, B가 말했다.

A와 B는 앉은 자리에서 일어나 해변 끝의 매점으로 걸어갔다.

그래서 해결됐나요?

A와 B가 우리로부터 충분히 멀어졌을 때 쥬지오의 여자가 내게 물었다.

해결이 됐을까.

좀 나아진 것 같습니다. 나는 그렇게 대답했다.

쥬지오는 이제 정말 접을 건가요? 나는 모래 위에 눈을 모아 뭉치며 말했다.

크리스마스에 여자가 했던 말이 떠올랐고, 여자가 그 바를 운영하지 않는다면, 어디에 가서 이 여자를 찾아야 할지, 그런 생각이 들었기 때문이었다.

　아쉬우세요?
　네.
　왜요?
　글쎄요.

　여자의 발이 파도에 젖었다.
　괜찮으세요? 나는 그렇게 물었을 뿐 양말을 벗어주
지는 못했다.

　괜찮아요. 젖는 건 아무렇지 않아요.
　여자가 웃고 입김이 흩어지고 하늘은 구름 없이 붉
었다.
　저는 이제 쥬지오를 믿지 않아요. 그런 괴물이 세
상에 없다는 건 이미 오래전에 알았고, 그때 제가 느
꼈던 두려움도 다 사라졌어요. 그런데 감정이 사라진
다음에도 왜 사로잡혀 있는 걸까요. 여자가 말했나.

　나는 여자의 표정이 궁금했다.

저런 말을 할 때 여자는 어떤 얼굴일까.

인상을 쓰고 있을까.

여자를 향해 몸을 돌리지는 않았다.

나는 눈과 모래를 한 움큼 쥐었다가 놓기를 몇 번
했다. 뭉쳐지는 것 없이 후드득 떨어졌다.

나는 여자의 얼굴 대신 내 손바닥에 묻은 것들을
들여다봤다. 눈 결정이 반짝이고 모래가 축축했다.

얇은 천처럼 파도가 넓게 퍼졌다 사라졌다.

여자와 내 발끝이 몇 번 젖었다.

A와 B가 돌아왔을 때는 해의 반이 바다에 잠겨 있
었다.

그들은 소주 세 병과 맥주 두 병, 뜨거운 물이 든 컵
라면 두 개, 감자칩과 막대 폭죽을 사 왔다.

쥬지오를 접으시면 이제 뭘 하실 건가요? 내가 여
자에게 물었을 때, A가 끼어들었다.

접는다는 말은 작년에도 재작년에도 했어. A는 키
득거렸다.

나는 그다지 재미있지 않았다.

하고 싶지 않은 일을 계속 해나가는 것의 의미.

저 여자는 작년에도, 재작년에도 쥬지오를 접고 싶었던 것이었다.

곧 접으실 수 있을 겁니다. 아쉬워하지 않겠습니다.

나는 말했다.

불기 전에 드세요. B가 내게 종이컵과 나무젓가락을 건네었다.

우리 넷은 먹을 것들을 가운데 두고 모랫바닥에 둘러앉았다.

파도 소리는 계속되었고, 해는 사라지고 하늘은 보랏빛이 되었다.

서로의 컵에 소주를 따르고, 소주와 맥주를 섞기도 하면서 시간을 보냈다.

더 취하고, 더 어두워지면 그때 폭죽을 터트리자.

우리는 조금씩 들떴다.

A와 B와 여자와 나는 조금 취해서 각자 갖고 있는 충동들을 이야기해보기로 했다. 진실 게임 같은 것이

었다. 그러나 진실 게임은 아니었다. 우리에게 진실이
라고 부를 만큼 치명적인 무엇이 없었기 때문이었다.

A는 자기 아버지를 때린 것을 말했다.
B는 자기 손가락이 잘린 것은 자해였다고 말했다.
쥬지오의 여자는 나이를 속였다 말했다.

그럼 몇 살인가요?
여자는 나보다 다섯 살 어렸다.
어린 여자였다니.
나는 여자에게 서쪽 절벽에 같이 오르는 건 어떤
지, 묻고 싶었다. 내가 본 것을 여자에게 보여주고 싶
었고, 뺨이 베인다는 비를 여자와 맞고 싶기도 했다.
나는 여자의 뺨에 면도날 같은 비가 닿지 않게 할 것
이다. 여자가 추워한다면, 거기에서는 내가 입은 것을
벗어줄 것이었다.
지나가는 충동이었다.

마실 만큼 마신 다음에는 게임을 했다.
그다지 감사하지 않은 일을 말한 다음 감사해요, 라

고 붙이는 것이었다.

감사합니다와 안 어울리는 말일수록 다 같이 크게
웃었다.

한순간 말문이 막히면 게임 오버였다.

도저히 감사하다는 말이 나올 수 없을 때 끝이 나는.

끝나자고 하는 것이었다.

자 이제 폭죽을 터뜨릴까. A가 앉은 자리에서 일어
났다.

A는 꽤 취했는지 일어설 때 몸체가 휘청거렸다.

B는 라이터를 꺼내 허공에서 껐다 켜기를 반복했다.

꽤 취하기는 B 역시 마찬가지인 것 같았다.

우리 모두는 일어났다.

긴 막대 폭죽을 하나씩 들고 서서, 눈과 모래를 밟
으며 비틀거렸다.

B는 자꾸 라이터의 불꽃을 꺼트리며 웃었다.

이리 줘봐. A는 B에게서 라이터를 빼앗아 들었다.

A 역시 헛손질하기는 마찬가지여서 라이터의 불을

켜지 못했다.

제가 한번 해보겠습니다.
나는 A에게서 라이터를 전해 받고 신중하게 켰다.
나는 나의 막대 폭죽에 불꽃을 붙이는 데 성공했다.
막대 끝의 불꽃을 모두에게 전했다.

도화선이 타들어가고, 아무렇게나 흔들었다.
불꽃이 잔상으로 곡선을 만들었다.

뭐라고 기도했어요? 크리스마스에 케이크 앞에서요.
나는 막대 폭죽을 흔들며 여자에게 물었다.

아무것도 빌지 않았어요. 눈만 감고 있었어요.
여자가 나와 눈을 마주치고 말했다.
불꽃 앞에서 여자의 눈은 유리 같았다.

막대 폭죽은 너무 빨리 사그라졌다.
나는 여자에게 내가 입고 있던 외투를 벗어 주었다.
괜찮아요. 여자는 괜찮다고 했다.

손수건도 주셨잖아요. 나는 말하고.

드린 거 아니에요. 돌려주세요. 여자가 웃으면서 말했다.

저는 드리는 거예요. 나는 여자에게 정말 내 외투를 줄 생각이었다.

안 받을 건데요. 여자가 더 크게 웃었다.

A는 휘청거리면서, 지금 뭐 하는 거야, 뭐 하자는 거야, 큰 소리로 말했다.

뭐가 하고 싶으신가 보죠. B가 킥킥거리면서 웃었다.

나도 웃음을 흘리고 있었는데, 그건 좀 취해서였기도 했고 파도 소리가, 밟고 있는 눈과 모래와 찬 바닷바람 냄새가 좋았기 때문이었다.

이들과 다음이 있을까. 마음 한편으로는 쓸쓸했다.

30

오 분만 앉아 있다 가겠습니다.

나는 아무것도 주문하지 않고 빈 테이블에 앉았다.

식당 홀 한가운데 난로가 세워져 있었다. 그 주위
에 아지랑이가 일었다.

난로 위에는 주전자가 얹혀 있었다.

계산대 너머에서 늙은 직원이 나를 죽 바라보는 시
선을 느꼈다.

늙은 직원은 다 알겠다는 얼굴로 나를 쳐다보고 있
었다.

제가 누굴 닮았나요? 내가 묻고.

닮았지. 직원은 계산대에 서서 말했다.

누구를요?

얘를 닮았어. 직원은 계산대에 놓인 손바닥만 한 액
자를 들어올렸다.

말티즈의 정면 얼굴이 찍힌 사진이었다.

눈이 똑같아. 흐리멍덩한데 깊어.

나는 늙은 직원의 대답에 내 눈이 그런 눈이었던가 생각해보고.

거울을 보고 싶었다.

식당 벽에 거울은 없었고, 오래된 시계가, 빛바랜 장미와 넝쿨이 있을 뿐이었다.

초침이 움직이는 소리와 난로와 주전자에서 들리는 약한 파열음을 듣고 앉아 있었다.

늙은 직원이 난로 쪽으로 걸어와 주전자에서 우엉차를 따라 내게 건넸다.

나는 천천히 마셨다.

언제까지나 앉아 있을 수 있을 것 같았다.

우엉차를 다 마신 다음 식탁에 엎드렸다.

잠깐 졸고 싶어서 눈을 감았다.

늙은 직원이 주방으로 들어갔는지 구슬 문발이 부딪히는 소리가 들렸다. 차락, 착. 착 하는 소리가 식당 안에 맴돌았다. 난로에 아지랑이가 감은 내 눈꺼풀 안

쪽에서 이글거리는 것 같았다.

내 눈은 어떤 눈이었던가.

눈을 감고, 상상해보고.

떠오르는 그 어떤 눈도 내 눈은 아닌 것 같았다.

잠들지는 못한 채 오래 눈 감고 있었다.

난로 위에 우엉차 끓는 냄새가 진해지고, 물에 젖은 나무, 흙 냄새 같다고 생각했다.

식탁에서 몸을 일으켰을 때 식당 홀 내부는 몹시 어두워져 있었다. 늙은 직원은 아직 주방에 있는지 아니면 이 식당에서 아주 사라진 것인지 인기척이 느껴지지 않았다.

가보겠습니다. 나는 식탁에 앉아 말했다.

목소리가 공간을 맴돌고, 식당 홀 안이 텅 빈 것처럼 넓었다.

0

나를 배웅하는 사람은 없었다.

내 짐은 캐리어 하나와 배낭 하나였다.

오전의 항구는 고요했다.

할도는 내가 처음 왔을 때보다 더 신비로운 모습이었다.

얕게 깔린 해무 때문인 것 같았다.

어제보다 더 추운 날이었다.

사람들은 고개 숙이고 걸었다.

저들 중에 내가 아는 얼굴이 있을까.

움츠리고 서성이는 사람 중에 A나 B가. 쥬지오의 여자, 몇 노인.

이 섬에서 내가 아는 얼굴이 많지는 않았다.

정박한 작은 배들이 바람에 서로 부딪혔다.

내가 탈 배는 너무 컸다.

입도할 때 같은 것을 타고 온 것 같은데. 저렇게 컸던가.

탑승객들이 배 앞으로 줄을 서 있었다.

나는 줄의 끝으로 가 섰다.

저들은 다 혼자일까.

줄을 선 사람들은 일행 없이 짐은 단촐했고, 미련 없는 표정이었다.

망설이는 표정일까.

나는 이해할 수 있었다.

이 겨울에 이 섬에서 걷거나 멈춰 서서 보고 들었을 것들, 생각하고 느꼈을 것들에 대해서. 나는 알 것 같았다.

나는 배의 5층 갑판으로 올라가 난간 앞에 섰다.

섬과 바다를 봤다.

한눈에 다 들어오지 않았다.

해무가 걷히지 않고 섬은 그림자 같았다.

희미한 윤곽으로 익숙한 수풀과 바위가 보였다.

내가 지내던 숙소는 저쯤, 쥬지오는 저쯤,

이 섬에서 알아볼 수 있는 곳들을 가늠했다.

배가 출항하려는지 급하게 떨려왔다.

뱃머리를 돌릴 때 기름 냄새가 났다.

배가 물을 밀고 나아갔다.

섬으로부터 천천히 멀어졌다.

몇몇이 난간에 바짝 붙어 섬 쪽을 향해 있었다.

할도는 점점 작아지다 해무에 가려 사라졌다.

나는 갑판에서 얼마간 더 서 있다가 한 층 내려갔다.

선박 내부를 거니는 사람은 많지 않았다.

나는 창가 테이블에 자리를 잡고 앉았다.

4인용 철제 테이블이었다.

내 옆이나 맞은편에 아무도 앉지 않기를.

창문으로 희부연 해수면과 하늘이 보였다.

배낭에서 노트를 꺼냈다.

노트의 빈 페이지를 펼치고 쓰고 싶은 것을 썼다.

쥬지오는 귓속에 털이

괴물만큼 믿을 만한 게 있나

괜찮아. 너도 죽어.

몇 줄 쓰고 보니 앞뒤가 잘린 이야기 같았다.

기울고 흐린, 내 글씨를 내려다봤다.

식당의 늙은 직원은 내가 그 말티즈의 눈을 닮았다고 했는데.

흐리멍덩하고 깊은. 내가 쓴 것은 그런 모습이기도 했다.

배가 기울었다.

파도가 시작되는 걸까.

창으로 바다를 내다보았다.

천천히 바다 수면이 대각으로 기울어 솟았다 내려앉기를 반복했다.

앞으로 얼마나 더 흔들려야 할지.

끝이 있으리라는 믿음이 유일한 위로일 때가 있었다.

그러나 끝이 없다.

끝이 없다는 것을, 서쪽 절벽에서 알게 되었을까.

서쪽 절벽에 가기 전에 이미 알고 있었을까.

할도에 가라, 아버지가 말했을 때였을까.

다래끼가 터질 때 알았을까.

바위에 엎드려 있던 쥬지오 여주인의 번들거리는 등.

부기와 열기, 작열감, 충동.

더블유를 발음할 때 살짝 보였던 여자의 혀끝.

숨소리, 내 귀에서 떼어낼 수 없는 것.

얼어버린 모랫바닥, 불꽃 막대.

내가 했던 말들과 하지 못한 말들.

내가 들었던 말들.

두려움이 사라진 다음에 남는 것.

사로잡혀 산다는 것.

배가 끊임없이 꿀렁이듯 흔들리고.

멀미가 시작되는지 메스꺼웠다.

머리를 옥죄일 링이 필요했다.

차가운 철제 테이블에 엎드렸다.

왼쪽 뺨과 귀를 대고 눈을 감았다.

미세한 기계음, 선박이 떨리는 소리가 들렸다.

안면으로 진동이 느껴졌다.

눈을 뜨자 엎드린 내 시야에 깨같이 작은 벌레가 보였다.

벌레는 테이블의 끝을 기어가고.

기어가고만 있었다. 테두리를 훑듯이.

무얼까. 뭐라 불러야 할까. 저렇게 작고.

저 벌레를 언젠가 본 적이 있었다.

언제였을까.

빗물에 둥둥 뜬,

스스, 스츄, 이스춰 이스춰하는 숨소리를 내고.

벌레가 지나간 자리에 아무 흔적도 없다.

저 벌레에게 발은 없는 것 같다.

잘렸을까.

나는 테이블에 엎드렸던 몸을 일으켰다.

노트의 빈 페이지를 찾아 썼다.

내가 아는 벌레가 있다.

그 벌레는 너무 오래 살아서 자식들의 슬픔을 다
보아야 했다고.

그 벌레 일생에 일단락된 것은 아무것도 없었다.

모든 것이 연장, 연장, 연장이었다고.

배는 얼마나 깊은 바다를 지나고 있는지.

깊게 일렁이는 파도에 가슴 언저리가 훅 내려앉았다.

작가의 말

0

하지만 나는 극복해야 할 것이 없습니다.

2021년 9월 메모장에 쓴 것이다.
할도의 시작 아니었을까.
지난 메모는 해독해야 할 문장으로 남는다.
소설을 다 쓰고도 해독해야 하는 감정이 있다.

달을 설명하기 위해서는 그림자를 만들어야 한다.
어떤 분노는 시작되기 전에 이미 시작되어서.
끝난 적 없이 늘 드리워진 그림자 같다.
그날 오후, 그날 밤. 다음 날 아침, 또 다른 아침.
느닷없는 새벽에, 반드시 올 연락을.
핸드폰을 집어던지거나 가끔 허공을 보면서.
그 사람의 의미를 생각했다.
시간 아깝게.

시간이라는 게 있잖아.

시간이라는 게 정말 있을까. 믿을 수 없고.
하나의 둥근 원, 희미한 하나의 선.
원이니 선이니. 혼자 심오해지는 날이 있다.
오전에 두 시간 정도 카페에서 시간을 보낸다.
카페의 통유리 앞, 바 테이블 자리를 좋아한다. 비바
람이 심한 가을날에는 플라타너스의 갈색 잎이 카페
유리창으로 퍽퍽 떨어진다. 유리창을 때린다. 창은 너
무 투명해서 경계가 없는 것 같다.

어떤 행성은 유리가 비처럼 내린다고.

하늘에서 유리가 멈추지 않고 계속 떨어지는.

유리 천지. 유리 바닥. 유리 하늘. 유리 허공.

허공 없이 유리.

빼곡히 끊임없이 부딪치고 깨지는.

유리 가루 비.

할도는 그런 비가 내리는 곳인데,

쓰고 싶은 만큼 쓰지는 못했다.

한 줄 쓰는 것보다 한 줄 지우는 게 나았다.

0

운전면허증 재발급, 갱신

집 정리

단편집 원고 송고

에세이 400매 쓰기

사랑니 빼기

12월 말까지 해야 할 일 목록이다.

얼마나 해내는지 지켜볼 것이다.

내가 나를.

더 먼 미래에는 개명도 할 것이다.
그리고 더 먼 미래에는 다시 태어나기도 하겠지.

그건 정말 무서운 일이야.
그건 정말 무서운 일이야.
그건 정말 무서운 일이야.

1월 18일 같은 문장을 세 번 썼다.
형용되지 않고 회상할 수 없는 무서움이 있다.

　오르고 있는 계단이 끝나지 않기를 바랐던 겨울밤
이 있었다. 멈추면 더 추워질 것 같아서 계속 걸어야
하는 밤. 눈이 내렸고, 이미 내린 눈은 바닥에 얼어 있
었다.

0

파래가 거리에 쌓여 있는 완도. '89. 2.

헤어짐을 기념으로 찍은 사진.

사진 뒷면에 쓰인 몇 글자를 봤다.

사진 속 길가에 파래와 눈이 쌓여 있고, 나는 태어난 지 몇 개월 되지 않은 모습으로 사진 안에 있다. 나를 안고 있는 사람과 그 옆에 선 사람의 얼굴을 알고 있다.

지금 달라진 그들의 얼굴도 알고 있다.

서글프다.

할도에 가고 싶다.

할도에 가면 전복죽도 먹고, 방어, 잡어, 회를 쳐서 먹고, 이런저런 술도 마시고, 이런저런 말들도 듣게 되고, 말하게 되고, 파도에 발이 젖고, 막대 불꽃 흔들고. 계속 서글프고.

절벽은 오르지 않을 것이다.

유리 가루 같은, 칼 같은 비는 맞고 싶다.

하늘로 고개 들고 맞고 싶다.

처음으로 자를 가졌을 때를 기억한다.

선을 긋고 싶고, 선들로 한 면을 다 채우고.

기어이 확신을 갖는.

누군가와의 대화는 쉽게 무력감을 준다.

누구의 잘못도 아니다. 그건 말이 아니다.

누군가는 잘못했다.

잘잘못을 따질 때 어디를 봐야 할까.

하늘을 보면 공평할 수 있을까.

하늘은 어디에나 있고 어디에도 없는.

멀기만 한.

0

할도는 신남해변, 송곳산, 태하리의 흔적이다.

무의도와 대항마을에서의 낮과 밤.

밤에 파도 소리가 더 크게 들렸다.

소매물도 절벽에서 폭죽을 터뜨릴 때 어둠 속에서 갑자기 튀어나왔던 큰 개.

폭죽이 하늘이 아니라 손바닥 안에서 터졌던, 그때 그 해변의 이름은 기억나지 않는다.

황토구미에서 비바람에 우산이 뒤집히고 돌길에 빗물을 밟아 미끄러졌다.

뺨에 닿는 빗줄기가 따갑고 쓰라렸다.

이렇게 험한 비는 처음이고, 베일 것 같다고 생각했다.

내가 쓰려던 할도는 거칠고 사나운 것이었는데, 쓸 때의 감각은 안온하고 몽롱했다.

2024. 10. 27.
김엄지

할도

© 김엄지, 2024

초판 1쇄 인쇄일 2024년 11월 20일
초판 1쇄 발행일 2024년 11월 28일

지은이   김엄지
펴낸이   정은영
편집   방지민 최찬미
디자인   홍선우
마케팅   최금순 이언영 연병선 송의정
제작   홍동근

펴낸곳   (주)자음과모음
출판등록   2001년 11월 28일 제2001-000259호
주소   10881 경기도 파주시 회동길 325-20
전화   편집부 (02)324-2347 경영지원부 (02)325-6047
팩스   편집부 (02)324-2348 경영지원부 (02)2648-1311
이메일   munhak@jamobook.com

ISBN 978-89-544-5187-1 (03810)

잘못된 책은 교환해드립니다.
저자와의 협의하에 인지는 붙이지 않습니다.